宋·龔明之 撰

中吴紀聞

中國書店

詳校官檢討臣德生

臣紀昀覆勘

欽定四庫全書

史部十一

中吳紀聞　　地理類雜記之屬

提要

臣等謹案中吳紀聞六卷宋龔明之撰明之字希仲號五休居士崑山人紹興間以鄉貢廷試授高州文學淳熙初舉經明行修授宣教郎致仕是書採吳中故老嘉言懿行及其風土人文為新舊圖經范成大吳郡志所不

載者仿范純仁東齋紀事蘇軾志林之體編次成帙本末該貫足裨風教書成于淳熙九年明之年已九十有二亦可謂耄而好學者矣宋末書已罕傳元至正間武寧盧熊修蘇州志訪求而校定之明末嘗熟毛晉始授諸梓亦多舛謬其子扆後得葉盛菉竹堂藏本相校第六卷多翟超一條其餘頗有異同何焯假以勘定極為精審然盧熊跋稱其子昱

所撰行實附後今兩本皆無之則葉本亦不免于脫佚也乾隆四十九年九月恭校上

總纂官臣紀昀臣陸錫熊臣孫士毅

總校官臣陸費墀

欽定四庫全書

中吳紀聞卷一

宋 龔明之 撰

范文正公

天聖五年范文正公居母喪上書宰執請擇郡守舉縣令斥游惰去冗僭遴選舉崇教育養將材實邊備保直臣斥佞臣使朝廷無過生靈無怨以杜奸雄凡萬餘言時王文正公曾為相閱而偉之服滿薦充館職由此為

人主所知即時擢用慶歷三年九月拜叅知政事上開
天章閣訪以治道公條陳當世急務十條一曰明陟黜
二曰抑僥倖三曰精貢舉四曰擇官長五曰均公田六
曰厚農桑七曰修武備八曰覃恩信九曰重命令十曰
減徭役上嘉納之一歲之間次第舉行無或遺者公初
上宰相書即受知於王文正後陳十事即見聽於仁宗
雖曰抱負奇偉不容不見於施設自非聖君賢相委曲
信任之亦安能行其所學耶

許洞

許洞太子洗馬仲容之子（洗馬墳在城西）登咸平三年進士第平生以文章自負所著詩篇甚多當世皆知其名歐陽文忠公嘗稱其為俊逸之士所居惟植一竹以表特立之操吳人至今稱之曰許洞門前一竿竹真廟祠汾陰時洞為均州叅軍在路獻文章令名試中書（予之族妹適洞之曾孫見其家藏洞之敕牒三四紙）

洞與潘閬錢易為友狂放不羈閬坐盧多遜黨亾命

乃變姓名僧服入中條山洞密贈之詩曰瀟逍遙平
生才氣如天高倚天大笑無所懼天公嗔汝口啜啜
罰教臨老頭補衲歸中條我願中條山山神鎮長在
駈雷叱電依前趕出這老怪

丁陳范謝

錢武肅王鏐之子廣陵王元璙廣陵王之子威顯王文
奉皆為中吳軍節度使開府於蘇時有丁陳范謝四人
者同在賓幕丁諱守節陳諱贇明范諱夢齡謝諱崇禮

職中吳軍節度推官俱以長者稱守節者丞相謂之祖贊明者屯田之奇字虞卿之曾祖夢齡者參政仲淹之曾祖崇禮者太子賓客濤之父其子孫又皆登高科躋膴仕足見慶源深厚矣

辟疆園

吳中舊傳池館林木之勝惟辟疆園為第一辟疆姓顧氏晉人見於題咏者甚衆李太白云柳深陶令宅竹暗辟疆園陸羽云辟疆舊林園怪石紛相向陸龜蒙云吳

之辟疆園在昔勝槩敵皮日休云更葺園中景應為顧辟疆近世如張伯玉亦云于公門館辟疆園放蕩襟懷水石間今莫知其遺跡所在

鬬百草

吳王與西施嘗作鬬百草之戲故劉禹錫詩云若共吳王鬬百草不如應是欠西施

陳君子

陳之奇字虞卿鄉人以其有賢德故以君子稱之初登

第為鄮易尉後為丹徒泰興令李瑋尚秦國大長公主下國子監舉通經術有行義者為教授遂以公充選未幾乞致仕遷太子中允時年未五十俄除平江軍節度掌書記復以為教授詔裝錢促遣之力辭不赴公道德著於鄉雖閭巷小兒亦知愛敬有爭訟久不決者跨蹇驢至其家以大義感動之皆為之革心自挂冠後閑居十八年熙寧初卒葬花山王岐公為作誌題之曰陳君子墓銘始公之謝事也蔣堂侍郎語人曰舉天下皆知

有富貴而虞卿獨以知止易衆人之心吾喜林下有人
矣因為賦詩曰寵秩拜春坊歸休識慮長掃門卑魏勃
設醴謝元王一水蓴鱸國羣山橘柚鄉喜君添老社烟
駕共倘佯張伯玉郎中亦贈之詩曰東吳王孫歸掛冠
玉絲紅鱠滿雕盤狂吟但覺日月久醉舞不知天地寛
小圃移花山客瘦夜窓擣藥橘童寒新書近日成多少
且告先生旋借看

梅聖俞與僧良玉詩

崐山慧聚寺僧良玉字蘊之僧行甚高旁通文史之學又善書工琴棋因游京師梅聖俞見而喜之以姓名聞于朝賜以紫衣其東歸也聖俞以詩送之曰來衣茶褐袍歸變椹色服扁舟洞庭去落日淞江宿水烟晦琴徽山月上巖屋野童遥相迎風葉鳴橡槲後潛遁故山專以講經為務號所居曰雨花堂

半夜鐘

唐張繼宿楓橋詩云月落烏啼霜滿天江楓漁火對愁

眠姑蘇城外寒山寺夜半鐘聲到客船昔人謂鐘聲無半夜者詩話嘗辨之云姑蘇寺鐘多鳴於半夜予以其說為未盡姑蘇鐘唯承天寺至夜半則鳴其宅皆五更鐘也此張繼詩王氏學林新編誤以為溫庭筠

白樂天

白樂天為郡時嘗携容滿蟬態等十妓夜游西武丘寺嘗賦紀游詩其末云領郡時將久遊山數幾何一年十二度非少亦非多可見當時郡政多暇而吏議甚寬使

在今日必以罪去矣

六經閣記

姑蘇自景祐中范文正公典藩方請建學其後富郎中嚴繼之又建六經閣張伯玉公達嘗為郡從事遂命為之記今但傳其篇首數句聞見録又誤載其始末予家偶藏公達所著蓬萊集恐後人不復見全文也因具載之六經閣子史在焉不書尊經也吳郡州學始由高平范公經緝之其後天章蔣公待制中書柳舍人史館昭

文張陸二學士行郡事殿中丞李仲塗先生之猶子中臺椰兵曹令尚書宮郎中十年更八政仁賢繼志學始大成丙戌年六經閣又建先時書籍草創未暇完緝廚之後廡澤地汙晦日滋散脫觀者惻然非古人藏象魏拜六經之意至是富公始與吳邑長洲二大夫以學本之餘錢僦之市材直公堂之南臨泮池建層屋起夏六月乙酉止秋八月甲申凡旬有七浹計庸千有二百作楹十有六棟三架霤八角三百八十有四二戶六牖梯

衡滐梲圬墁陶甓稱是祈於久故爽而不庳酌於道故
文而不華經南嚮史西嚮子集東嚮櫺之以油素揭之
以油黄秩然區處如蛟龍之鱗麗如日月之在紀不可
得而亂大柢天地之極致皇王之高道生人之紀律盡
在是矣古者聖賢之設教也知函夏之至廣生齒之至
衆不可以顧解耳授故教之有方導之有源乃本庠序
之風師儒之說始於邦達於鄉至於室莫不有學烜之
以文物聳之以聲名先用警策其耳目然後清發其靈

府故其習之也易其得之也深其教不肅而成不煩而治敺元元入善域優而柔之使自得之萬世之後尊三王四代法者無他焉教化之本末馴善也然則觀是閣者知六經之在則知有聖人之道知有聖人之道則知有朝廷之化知有朝廷之化則嚮方之心日懋一日禮義之澤流于外絃歌之聲格于内其為惡也無所從其為善也有所歸雖不欲從善遠罪納諸大和不可名康公之詩曰豈弟君子來游來歌子思之説云布在方策

人存則政舉凡百君子由斯道治斯民暢皇極序彝倫者舍此而安適得無盡心焉諸儒謂伯玉嘗從事此州游學滋久宜刊樂石庶幾永永無忽

唐郎官題名

唐郎官題名碑承平時在學舍中堂之後已漸刓缺兵火後不復存矣序文乃張長史楷書長史以草聖得名未嘗作楷書世尤愛之題名之人雖不一亦盡得古筆法唐世崇尚字學用此以取人凡書皆可觀今所傳止

序文爾長史蘇人故立碑於此

丁晉公 祖守節吳越中吳軍節度推官

公諱謂字謂之家世於冀其祖仕錢氏遂為吳人公少負才名先叔祖端公在鼎州日公嘗贄文求見因贈之詩曰膽怯何由戴鐵冠秖緣昭代奬孤寒曲肱未遂違前志直指無聞是曠官三署每傳朝客說五溪閒凭郡樓看祝君早得文場雋況值天階正舞干淳化三年公登進士科名在第四與孫何俱有聲當時王黄州有詩

云三百年來文不振直從韓柳到孫丁如今便合教修史二子文章似六經祥符中為參知政事上問唐酒價幾何公曰每斗三百按杜甫詩速宜相就飲一斗恰有三百青銅錢又侍宴賞花釣魚公詩云鸎驚鳳輦穿花去魚畏龍顏上釣遲上賞詠再三羣臣皆以為不及天禧中拜相仁宗即位進司徒兼侍中後為章聖山陵使擅移陵域貶將仕郎崖州司戶參軍公自遷謫日賦一詩號知命集後因奏表敘策立之功有云雖遷陵之罪

大念立主之功多因徙雷州移道州復祕書監光州居住貶竄十五年鬢髮無斑白者人皆服其量臨終半月不食焚香危坐誦佛書以沈香煎湯時呷而已至光州謝執政啓有云三十年門館從游不無事契一萬里風波往復盡出生成在海上對客問天下州郡孰大客曰唯京師公曰朝廷宰相只作崖州司戶則崖州為大衆皆大笑歸葬華山所居在太郎橋號晉公坊堂宇甚古有層閣數間臨其後予嘗至其第與公文孫德隅游德

隅善篆亦工於四六

解額

姑蘇自祥符間定制秋舉以四人為額慶曆中就舉者止二百人范貫之龍圖嘗作送錢正叔赴舉序已言四人之額視他藩為最寡熙寧元豐間應舉者漸多增為六人三舍既行罷去科舉法歲貢四人舍法罷乃台三年之數為十二人紹興丙子又增流寓一名今終場者幾二千人其額又不勝其窄矣

紅蓮稻

紅蓮稻從古有之陸魯望別墅懷歸詩云遥為晚花吟白菊近炊香稻識紅蓮至今以此為佳種

陸宣公

唐書云陸贄蘇州嘉興人按武德中蘇州所管七縣而嘉興本號長水縣後改為由拳又改為嘉禾吳赤烏中方易今名也

太一宫

太平興國六年方士言五福太一在吳越分太一天之貴神也行度所至之國民受其福故令蘇州建太一宫後以地遠不便於禱祀遂於京城蘇村建之今天慶觀乃其舊址鄉人尚有以宫巷宫前稱者

孫百篇

吳士孫發嘗舉百篇科故皮日休贈以詩云百篇宫體喧金屋一日官銜下玉除陸龜蒙亦有云直應天授與詩情百咏唯消一日成其見推於當時如此此科不知

創於何代國初亦無定制惟求應者即命試太平興國五年有趙昌國願試此科帝御殿出四句詩為題詩云松風雪月天花竹鶴雲烟詩酒春池雨山僧道柳泉每題五篇篇四韻至晚僅成數十首方欲激勸後學特賜及第仍詔令後有應此科約此題為式

蘇子美

蘇舜欽字子美易簡叅政之孫慷慨有大志工為古文聲名與歐陽公相上下天聖七年玉清昭應宮災子美

以太廟齋郎詣登聞上疏謂天以此垂戒願陛下恭默
内省語甚切直時年方二十登景祐元年進士第俄有
詔戒越職言事者子美又上書極論其不可慶曆四年
授大理評事集賢校理監進奏院當時用事者以子美
乃范文正所薦而杜正獻之壻也因鬻故紙會客事誣
奏之遂除名勒停嘉祐初韓魏公為請於朝追復元官
辛年四十一山谷先生嘗有觀秘閣蘇子美題壁詩曲
盡其平生大節真蹟藏汪玉山家今集中不載故見之

於此仁祖康四海本朝盛文章蘇郎如虎豹孤嘯翰墨
場風流映海岱俊鋒不可當學書窺法度當代見崔張
銀鈎刻琬琰蠆尾廻縑緗擢登羣玉府臺閣自生光春
風吹細雨禁直夢滄浪人聲市朝遠簾影花竹涼秋河
瀄筆硯怨句挾風霜不甘老天祿試欲叫未央小臣膽
如斗侏儒俸一囊請提師十萬奉辭問邊疆歸鞍飲月
支伏背笞中行人事喜乖忤南遷浮夜航此時謫玉燭
日行中道黄柄臣似牛李傾奪謀未臧薄酒圍邯鄲老

黿禍枯桑兼官百郡邸報賽用歲常招延青雲志共醉椒醑觴俗客避白眼徵歌舞紅裳謗書動宸極牢户擊桁楊一網收冠蓋九衢人走藏庖丁提刀立滿志無四旁論罪等饕餮四衣禦方良姑蘇麋鹿噇風月有書堂永無湔祓期山鬼共幽篁萬户封侯骨今成狐兔岡邇來四十年我亦校書郎雄文終膾炙妙墨見垣牆高山仰豪氣崢嶸乃不亡張侯開詩卷詞意尚軒昂草書十餘紙雨漏古屋廊誠知千里馬不服萬乘箱遂令駕鼓

車此宜用其長事往飛鳥過九原色莽蒼敢告大鈞手

才難幸扶將子泌字進之任湖北運使先殿院之女適參政公之子宿宿乃耆之弟於子美為叔父

紅梅閣

吳感字應之以文章知名天聖二年省試為第一又中天聖九年書判拔萃科仕至殿中丞居小市橋有侍姬曰紅梅因以名其閣嘗作折紅梅詞曰喜輕澌初泮微和漸入芳郊時節春消息夜來陡覺紅梅數枝爭發玉

溪仙館不是箇尋常標格化工別與一種風情似勻點胭脂滐成香雪重吟細閣比繁杏夭桃品流真別只愁共彩雲易散冷落謝池風月憑誰向說三弄處龍吟休咽大家留取倚闌干問有花堪折勸君須折其詞傳播人口春日郡宴必使倡人歌之吳死其閣為林少卿所得兵火前尚存子純字晦叔文行亦高鄉人呼為吳先生楊元素本事集誤以為蔣堂侍郎有小鬟號紅梅吳殿丞作此詞贈之

先高祖

先高祖諱識給事中諱愼儀之子登端拱三年第大中祥符間用翰林學士李宗諤薦權監察御史屬真宗東封護蹕還都遷殿中侍御史兼左巡使時年四十有二本朝承襲唐制御史不專言職至是始擇學術醇正操履端方可以紀綱朝廷者俾入臺言事得之至難故被選者實為不世之榮先高祖任職踰年遽抱目疾累表乞退遂除檢校司封郎官平江軍節度副使

先高祖登第時金花帖子尚存其制用塗金黄紙大

書姓名下有兩知舉花押仍用白紙作一大帖貯之亦題姓名於上近吳南英於周叅政處模寫王扶盛京二帖子名士題跋甚衆皆以為今世所罕見者予因歸而視其所藏適與王扶同此一榜規模無毫髮不相似但多白紙為護爾今所謂榜帖者蓋起於此

趙霖水利

政和六年莊徽待制為郡守中使以金字牌奉御筆云訪聞平江府三十六浦内自古置閘隨潮啓閉泄放水

勢歲久烟塞遂致積年為患今差本府户曹趙霖躬親具逐浦相度經久利害繪圖赴尚書省指説既被旨因徧歷諸縣遂得其利害霖意不過三説一開治港浦二置閘啓閉三築圩裹田遂條析其事合成一書奏之後略施行霖所建明與郟正夫差異霖專正置閘之説正夫則屬意於開縱浦橫塘使水趨於江而已竊謂二公之論與今日又不同往時所在多積水故所治之法如此今所以有水旱之患者其獘在於圍田由此水不得

停蓄旱不得流注民間遂有無窮之害舍此不治而欲興水利難矣

黄氏三夢

建寧黄氏乃名族也因游宦遂徙居于吴黄氏有三子皆勤於學問其父忽夢捷夫持榜帖報黄顔者遂以名其長子已而果第久之其夢如初乃析偏旁名仲子以彦彦復擢高科後數年其夢亦如初黄甚怪之又以頡名其季頡既第顔即死矣

崑山編

唐人劉綺莊為崑山尉研窮古今緗帙所積甚富嘗分類應用事注釋于下如六帖之狀號崑山編今其書尚存

臯橋詩

臯橋者漢臯伯通所居之地梁鴻娶孟光同至吳居伯通廡下為人舂役後伯通察而異之乃舍之於家皮日休嘗賦詩云臯橋依舊緑楊中閭里猶生隱士風唯我

到來居上館不知何道勝梁鴻陸龜蒙詩云横絶春流架斷虹凭闌猶想五噫風今來未必非梁孟卻是無人繼伯通

謝賔客

公諱濤字濟之其先三世仕吳越公幼而奇敏嘗講學于陽山澄照寺之西廡時王翰林禹偁宰長洲羅拾遺處約宰吳縣皆器重之自此名顯於時登淳化三年第知益州華陽縣通判壽州知興國軍真宗即位鋭意任

人一日中出朝士姓名有治狀者凡二十四人付中書門下令驛召至闕公在選中命知曹州有兗人趙諫者交權勢結豪俠務乘人之弊以告訐公奏之朝廷斬于都市乃下詔凡民非干己事無得告言遂著于令為兩川安撫還除三司度支判官出守海陵新安二郡俄召試直史館出為兩浙轉運使還判司農寺兼侍御史知雜事知越州任滿拜太常少卿判登聞檢院又得請權西京留司御史臺就拜祕書監遂分司洛下朝廷嘉其

恬退遷太子賓客其子既入臺閣迎侍于京師景祐元年卒年七十五贈禮部尚書子降女適梅堯臣聖俞孫景初景溫公始以文學中進士上第而子孫世踐其科又父子更直館殿出處僅二十餘年皆衣冠之盛事公分務洛下悉屏去外累於筆硯歌詩素所躭嗜亦不復為曰佚我以老也數年間惟日看舊史一編以代賓話一日因假寐夢中作讀史一絶云百年奇特幾張紙千古英雄一窖塵惟有炳然周孔教至今仁義浹生民越

一夕捐館范文正公為記其事

張子野吳江詩

張子野宰吳江日嘗賦詩云春後銀魚霜下鱸遠人曾到合思吳欲圖江色不上筆靜覓鳥聲深在蘆落日未昏聞市散青天都淨見山孤橋南水漲虹垂影清夜澄光合太湖為當時之絕唱

春申君

姑蘇城隍廟神乃春申君也按史記春申君初相楚後

請封於江東考烈王許之因城故吳墟以為都邑吳地志亦云春申君嘗造蛇門以禦越軍其廟食於此也固宜越絕書云吳伐楚封春申君於吳其說又似不同要當以史記之言為正

蔣希魯

蔣堂字希魯嘗兩守此郡後既謝事因家焉自號曰遂翁所居曰靈芝坊作園曰隱圃隱圃之内如巖扃水月菴烟蘿亭風篁亭香嚴峰皆極登臨之勝公喜賓客日為宴會時以詩篇為樂范貫之龍圖嘗賦詩云勇退人

難事明公識慮長波濤濟舟楫霜雪見松篁林下開前
圃花間撤亞檜二疏良宴會老杜好篇章道向清來勝
機於靜處忘當除印如斗試一較閒忙

丁晉公拜老郁先生

祥符中丁晉公自參知政事拜平江軍節度使知昇州
時建節鉞者出入必陳其儀度既還本鎮鄉人為之改
觀公在童齡時嘗從老郁先生學先生居光盪巷師孟之父戶部師淳之伯父予嘗從師孟學至是首入陋巷詣先生之居以兩朱衣掖之

拜于其下先生惶懼大聲呼之曰拜殺老夫矣既坐話舊極歎密且云小年狹劣荷先生教誨痛加夏楚使某得成立者皆先生之賜也先生愈不自安不數月果卒公遣吏為辦棺斂葬埋之物甚厚吳人至今以為美談

李璋

李璋字忘其居盤門内為人不覊王荆公甚愛其才嘗有送行詩云湖海聲名二十年尚隨鄉賦已華顛卻歸甫

里無三徑擬傍胥山就一廛朱轂風塵休悵望青鞋雲水且留連故人一見如相問為道方尋木雁篇又有公下第詩云浩蕩宮門白日開君王高拱試羣才學如吾子何憂失命屬天工不可猜意氣未宜輕感慨文章尤忌數悲哀男兒獨患無名爾將相誰云有種哉由此聲譽益著後以特恩補官孫益字彥中擢高科歷監察御史徙居常熟

公素好譏謔有一故相遠派在吳中嘗於嬉遊之地

書其壁曰大丞相再從姪某嘗遊公困題其傍曰混元皇帝三十七代孫李璋繼至嘗赴特奏恩語同試者云廷唱日必不以名見呼止稱某排第耳衆皆不以為然厚與之約已而進狀云困在京師有遠族相遇譜系亦有以璋名者欲以玖易之它日殿下果唱李玖蓋公排第九也

木蘭堂詩

木蘭堂多為大守遊燕之地范文正公作守時嘗賦詩

云堂上列歌鍾多慚不如古却羡木蘭花曾見霓裳舞白樂天在蘇嘗教倡人為此舞也唐之前後皆植木蘭榦柂高大兵火後不存

林大卿買宅

州民有宅一區多出變怪無有售之者林顏大卿獨求買之既徙入中夜據廳事獨坐以示其不恐忽見一白衣婦人縱其所如俄至一處所潛伏不見詰朝使人穿其地得銀百餘鋌其上皆鐫一林字此無異尉遲敬德

事也

富祕監

富祕監嚴丞相忠文公之叔父也登大中祥符四年第慶歷中以刑部郎中守鄉郡嘉祐中守祕書監致仕退居于家未嘗一造府治終年無毫髮干請士大夫皆賢之皇朝類苑嘗載其事卒贈司徒葬寶華山有子臨娶先都官之女祕監與都官聘書今尚存飽學能文終池陽守鈞洵及元衡擢進士第皆祕監公之曾孫也

智積菩薩

靈巖寺乃智積開山之地智積當東晉末自西土來此剏立伽藍泗州僧伽持鉢江南至常之無錫聞智積在蘇即回曰彼處已有人矣由此名遂顯有一貧嫗慕其行嘗持角黍為獻智積受之嫗因得度至今上巳日號智積誕日聚數百嫗為角黍會

三江口

松江之側有小聚落名三江口鄽善長云松江自湖東

北逕七十里至江水分流謂之三江口吳越春秋云范蠡去越乘舟出三江之口入五湖中皆謂此也三江即禹貢所指者

楊惠之塑天王像

慧聚寺有毘沙門天王像形模如生乃唐楊惠之所作惠之初學畫見吳道子藝甚高遂更為塑工亦能名天下徐稚山侍郎以此像得塑中三昧嘗記其事謂其傍二侍女尤佳且戒後人不可妄加塗飾近為一俗工修

治遂失初意

王贇運使減租

初錢氏國除而田稅尚仍其舊畝稅三斗浙人苦之太宗乃遣王贇為轉運使（轉運衙舊在姑蘇州治之西偏）均兩浙雜稅贇悉令畝稅一斗使還大臣有責其增減賦額者贇謂畝稅一斗天下之通法兩浙既已為王民豈可復循僞國之制上從其說浙人至今便之

鬭鴨

陸魯望有鬬鴨一欄頗極馴養一旦驛使過焉挾彈斃其尤者魯望曰此鴨善人言見欲附蘇州上進使者奈何斃之使者盡以囊中金以窒其口使徐問其語之狀魯望曰能自呼其名爾使者憤且笑拂袖上馬復召之還其金曰吾戲耳

中吳紀聞卷一

欽定四庫全書

中吳紀聞卷二

宋 龔明之 撰

姚氏三瑞堂

閶門之西有姚氏園亭頗足雅致姚名淳家世業儒東坡先生往來必憩焉姚氏素以孝稱所居有三瑞堂東坡嘗為賦詩云君不見董召南隱居行義孝且慈天公亦恐無人知故令雞狗相哺兒又令韓老為作詩爾來

三百年名與淮水東南馳此人世不乏此事亦特有楓橋三瑞皆目見天意究在虞鰥後惟有此詩非昔人君更往來無價手東坡未作此詩姚以千文遺之東坡答簡云惠及千文荷雅意之厚法書固人所共好而某方欲省緣除長物舊有者猶欲去之又況復收邪固卻而不受此詩既作之後姚復致香為惠東坡於虎邱通老簡尾云姚君篤善好事其意極可嘉然不須以物見遺惠香八十罐却托還之已領其厚意與收留無異實為

宅相識所惠皆不留故也切為多致此懇予家藏三瑞堂石刻每讀至此則歎美東坡之清德誠不可及也

丁氏賢惠録

丁氏賢惠録安定先生文蘇子美書丁氏乃晉公之女弟陳君子之母也封長安縣君賢行甚著晉公鍾愛其甥欲官之丁氏固辭俾其以學術進晉公竦然稱歎已而同其弟繼登進士科觀此足以知夫人之賢矣

里人張紳世與陳舊其婦娩而沒夫人褓其嬰歸付

乳媼親加撫視能言而還之相兄既南謫家曰淪困有妖孫女幼孤夫人訓育篤於已生及歸馮氏子婦式閑淑甚宜其家時工部黄郎中宗旦守蘇聞而謂人曰兹事可書于史

張文定公知崑山

張文定公方平景祐中宰崑山時蔣堂侍郎為郡守得公著芻蕘論三十篇上之因舉為賢良公知崑山時吳越歸國未甚久郡邑地曠民占田無紀歲遠多侵越訟

數十年不能決公召問所輸租稅幾何大約百一二悉
收其餘以賦貧民自是無訟

傳燈錄

永安禪院僧道元纂佛祖詑近世名僧禪語為傳燈錄
三十卷以獻祥符中詔翰林學士楊億知制誥李維太
常丞王曙刋定刻板宣布

曾大父

曾大父諱宗元字會之自㓜頴悟絶人讀書於虎邱寺

晝夜不絕舉進士為鄉里首選繼登天聖五年第主杭州仁和簿時范文正公為帥改容禮之曰公器業清修他日必為令器謹勿因人以進曾大父敬服其訓高祖既抱疾因乞便省親移吳縣簿後以居憂服闋調建安尉譪有稱聲保任者二十有二章召見改大理寺丞知句容縣發擿奸伏政如神明葉道卿內翰時開府金陵甚為之前席楊紘持使節行部號為深酷吏望風投劾而去紘過境上獨不入縣或問其故紘曰龔君治民所

至有聲吾往徒為擾耳其見重如此自登朝未嘗游公卿之門皆文正公之教也士論美之嘗通判衢越二州終都官員外郎葬南峰山有文集十卷號武邱居士遺藁子程孫況俱擢第曾大父善作詩嘗有六月吟云羲輪獵野枯杉松火焚泰華雲如峰天地爐中赤烟起江湖喣沫烹魚龍生獰渴獸唇焦斷峻翮無聲落晴漢饑民逃生不逃熱血迸背皮流若汗玉宇清宮徹羅綺渴嚼冰壺森貝齒炎風隔斷真珠簾池口金龍吐寒水象

牀珍簟凝流波瓊樓待月微酣歌王孫晝夜縱娛樂不知苦熱還如何夜宴詩云兎魄侵堦夜三刻蜀錦堆香花院窄風動簾旌玳瑁寒露垂蟲網真珠白美人正席羅絃管綺幄雲屏爐麝煖只恐金壺漏水空不怕鸞觴琥珀滿勸君莫負秉燭游曾見古人傷晝短贈處士林逋詩云高蹈遺塵蜕含華傲素園璜溪頻下釣蕙帳不驚猿養浩時清嘯忘機只寓言幾回生蝶趐明月在西軒送陳君子之四明詩云短亭祖帳接平川柳拂回波

繫畫船漸向落暉分繡袖忍聽離曲怨鵾絃雲連稽嶺應懷古路近花源好訪仙那更憑高望天際江堤烟重草綿綿擣砧詞云星河耿耿寒烟浮白龍銜月臨霜樓誰家砧弄細腰杵一聲擣破江城秋雙桐老翠墮金井高低冷逐西風緊靜如秋籟暗穿雲天半驚鴻斷斜影哀音散落愁人耳何處離情先喚起長信宮中葉滿堦洞庭湖上波平水萬里征衣成未成搖風擣月何丁丁楚關秦嶺有歸客一枕夜長無限情曾大父嘗以所業

按范文正文正曰子之文溫厚和平而不乏正氣似其
為人也世以為確論云

婁侯

崑山乃古之婁縣今縣之東北三里有一聚落尚以婁
縣為名或云在漢為鄮後避錢王諱改今名予攷三國
志張昭拜輔吳將軍封婁侯則縣之為婁舊矣漢書云
改於王莽時

滕章敏公

滕元發名甫避高魯王諱以字為名更字達道九歲能賦詩敏捷過人范文正之父為諸舅見而奇之教以為文文正為鄉郡而安定胡先生居於郡學公往從之門人以千數第其文常為首舉進士試于廷宋景文公奇其文擢為第三以聲韻不中程黜之其後八年復中第三通判湖州時孫威敏公沔守錢塘一見曰後當為賢將授以治劇守邊之要召試學士院判吏部南曹同修起居注知制誥知諫院王陶論宰相不押班為跋扈上

以問公公曰宰相固有罪然以為跋扈則臣以為欺天陷人矣知開封府遷御史中丞抗論得失為多出知秦州河朔地震壞城池廬舍命公為安撫使還復知開封府除翰林學士出知鄆州移定州入覲力言新法之害至定敵人畏服上喜令再任詔曰寛嚴有體邊人安焉因作堂以安邊名之又上疏論新法徙青州留守南都知蒲鄧二州坐累知安州侍郎韓丕旅殯於安五十年矣學士鄭獬安人也既没十年貧不克葬公皆葬之以

言者復貶筠州已而為湖州哲宗即位徙蘇揚二州除
龍圖閣直學士復知鄆州歲方饑乞淮南米二十萬石
為備全活五萬人徙真定河東除龍圖閣學士復知揚
州未至而卒年七十一贈左銀青光祿大夫謚曰章敏
葬陽山公屢領帥權條畫皆有方議者謂近世名將無
及公者朝廷雖知公之深而終不大用每進小人必讒
之公嘗上章自訟有曰樂羊無辜謗書滿篋即墨何罪
毀言日聞天下聞而悲之

滄浪亭

滄浪亭在郡學之東中吳軍節度使孫承祐之池館其後蘇子美得之為錢不過四萬歐公詩所謂清風明月本無價可惜只賣四萬錢是也予家舊與章莊敏俱有其半今盡為韓王所得矣

范文正公復姓

范文正公幼孤隨其母適朱氏因從其姓登第時姓名乃朱說也後請於朝始復舊姓表中改用鄭準一聯云

志在投秦入境遂稱於張禄名非伯越乘舟偶效於陶朱范蠡范雎事在文正用之尤為切當今集中不載

鄭宣徽

鄭戩字天休居皐橋天聖初登進士第嘗知開封府發擿奸伏都下肅然遷三司使知樞密院儀以資政殿學士知杭州移鎮長安有表曰聽嚴宸之鐘鼓未卜何晨植勁栢於雪霜更觀晚節上稱誦者數四謂在右曰戩氣質英豪朕欲用為宰相故屢試於外也慶歷三年代

范文正爲四路都招討元昊畏其威再知長安蕃酋部將遮道卧轍不得行六年移并州尋拜宣徽使奉國軍節度使未幾薨贈太尉謚文肅葬横山

五柳堂

五柳堂者胡公通直所作也其宅乃陸魯望舊址所謂臨頓里者是也公諱稷言字正思兵部侍郎則之姪少學古文於宋景文又嘗獻時議於范文正晚從安定先生之學皆蒙愛奬後以特奏名拜官調晉陵尉又主鄞

縣簿又為山陰丞自度不能究其所施乃乞致仕陞朝之後曾賜緋衣銀魚公既告老即所居疏圃鑿池種五柳以名其堂慕淵明之為人賦詩者甚衆公自中年清修寡欲延納後進談論不少休日入後不飲食率以為常或與客夜坐久不過具湯一杯而已年八十餘而終江諫議公望為誌其墓子嶧

中隱堂三老

曾大父自都官員外郎分司南京謝事家居所居在大酒巷取

白樂天大隱住朝市小隱入邱樊不如作中隱隱在留司間之詩建中隱堂與尚書屯田員外郎程適太子中允陳之奇相與游從日為文酒之樂至於窮夜而忘其歸二公皆耆德碩儒致政於家吳人謂之三老

林氏儒學之盛

林氏本福清人徙居吳門有諱槩者嘗為省試第一登載國史儒學傳其子曰希旦邵顏相繼俱登科級希為樞密謚文節旦為殿中侍御史邵為顯謨閣直學士謚

文肅頵為光禄卿希之子虞中詞科旦之子處亦登第

邵之子攄賜出身為中書侍郎近世儒門之盛必推林

氏云

國一禪師

國一禪師乃崑山圓明村朱氏子捨俗為僧受業於景

德寺法名道欽因游歷叢林遇一有道者語之云乗流

而行遇徑而止既至雙徑遂借龍潭築菴於其上即開

山之祖也事載塔銘云今慧聚寺之西有以羅漢名橋

者蓋指國一云

葉少列

葉參字少列嘗守此郡既謝事因居焉其子清臣登禁從少列猶及見之范文正公嘗贈之詩云退也天之道東南事了人風波拋舊路花月伴閒身湖外扁舟遠門中駟馬新心從今日泰家似昔時貧見子登西掖攜孫過北隣白雲高閣曙綠水後池春尊酒呼前輩爐香叩上真只應陰德在八十富精神其居第在天慶之東中

有七檜堂内翰道卿嘗持本路漕節侍養道卿之子公秉又嘗守鄉郡搢紳榮之善卷寺丞乃内翰之孫長於詩與祠部叔父唱和甚多其姪主簿公娶叔祖四朝議之女

二游詩

吳之士有思王府叅軍徐修矩者守世書萬卷酣飲於其間至日旰妄飲食又有前徑縣尉任晦其居有深林曲沼危亭幽砌皮日休嘗游二君宅每爲泆旬之歎篇章留贈不一號二游詩

安定先生

胡翼之本海陵人學者尊其道皆稱為安定先生景祐中范文正公薦先生白衣對崇政殿授祕書省校書郎文正上疏請建郡學首以先生為吳興學官繼移此邦先生居學嚴條約以身先之雖大暑必公裳終日延見諸生以嚴師弟之禮解經有至要義懇懇為諸生論其所以治己而治人者學徒千數日月刮劘為文章皆傳經義必以理勝信其師說崇尚行實自後登科為大儒

者累世不絶如滕章敏范忠宣錢内翰醇老皆從先生之學者也至今學宫畫像而祠之

蘇子美飲酒

子美豪放飲酒無筭在婦翁杜正獻家每夕讀書以一斗爲率正獻深以爲疑使子弟密察之聞讀漢書張子房傳至良與客狙擊秦皇帝誤中副車遽撫案曰惜乎擊之不中遂滿引一大白又讀至良曰始臣起下邳與上會於留此天以臣授陛下又撫案曰君臣相遇其難

如此復舉一大白正獻公知之大笑曰有如此下物一斗識不為多也

張伯玉郎中

張伯玉字公達嘗為郡從事剛介有守文埶甚高范文正公深愛之嘗舉以應制科舉詞云張某天賦才敏學窮閫奥善言皇王之治博達古今之宜素藴甚充清節自處堪充應賢良方正能直言極諫科其應詔也又作上都行送之果中高選伯玉在蘇日述作並見蓬萊集

上方詩

唐孟郊因其父爲崑山尉嘗至山中題詩於上方云昨日到上方片霞封石牀錫杖莓苔青袈裟松栢香晴磬無短韻晝燈含永光有時乞鶴歸還放逍遥塲其後張祐嘗游亦有詩云寶殿依山險淩虚勢欲吞畫簷齋木末香砌壓雲根遠景窻中岫孤烟竹裏村凴高聊一望歸思隔吴門皇祐中王荆公以舒倅被旨來相水事到邑已深夜艤舟寺之前秉火炬登山閱二公之詩一夕

和竟詰旦即回棹其詩云僧蹊蟠青蒼莓苔上秋牀霜翰飢更清風藹遠亦香埽石出古色洗松納空光久游不忍還迫迮冠蓋塲峰嶺互出沒江湖相吐吞園林浮海角臺殿擁山根百里見漁艇萬家藏水村地偏來客少幽興紙桑門此四詩為山中之絕唱

陳龍圖使高麗

陳睦字子雍嘉祐六年登進士科名在第二治平中詔舉館閣才行之士子雍與劉攽李常寧李清臣輩首被

選擢熙寧元豐間高麗屢航海修貢朝廷以為恭選使往諭之初命林希子中力辭更命睦睦即日就道神宗大喜語輔臣曰林希無親堅辭不行陳睦親在乃不憚於往因出希知池州假睦起居舍人直昭文館特賜黄金帶受命七日而行涉海踰月出入驚濤中遂抵其國使還乃真拜所假官職且令服所賜黄金帶又賜黄金盞於令式外以為寵餞直龍圖閣知潭州卒墓在南峰山二子彦文經仲嘗躋法從彦武緯叔為提舉官

初林希樞密買卜於京師孟診為作卦影畫紫袍金帶人對大水而哭林以為高麗之役涉瀚海故力辭之後出知池州繼遭喪禍其驗不在彼而在此信知禍福不可避也

朱樂圃先生

朱長文字伯原未冠擢進士第英聲振于士林元祐初充本州教授入朝除祕書省正字樞密院編修官後以疾解任退居于家所居在雍熙寺之西號樂圃坊地有

高岡清池喬松壽檜先生以志不得達棲隱於中潛心古道篤意著述人莫敢稱其姓氏但曰樂圃先生樂圃在錢氏時號金谷方子通嘗有詩云吳門此圃號金谷主人瀟洒能文章子通又嘗著樂圃十詠一曰樂圃二曰邃經堂三曰琴臺四曰墨池五曰魚溪六曰詠齋七曰灌園亭八曰見山岡九曰峨冠石十曰冽泉井常公安民嘗造先生隱居愛其趣識志尚灑然有異於人而惜其遺逸沈晦因覩所著續圖經遂作序以紀之

海涌山

虎邱舊名海涌山闔閭王既葬之後金精之氣化爲虎踞其墳故號虎邱山椒有二伽藍列爲東西白樂天有東武邱西武邱詩顔魯公亦云不到東西寺於今五十春今之西菴所謂西武邱也虎字避唐諱改曰武

盧通議

盧革字仲辛本德清人少奇穎舉神童年十六擢進士乙科慶歷間知龔州時蠻人入寇桂管公經畫軍須以

應辦聞歷婺泉二州除廣南提點刑獄福建湖南兩轉運使力請郡以自効神宗嘉之顧執政曰盧革恬退如此可與一佳郡遂除宣州未幾告老遷光禄卿致仕以子貴進祕書監太子賓客官制行改大中大夫哲宗踐阼遷通議大夫退居于吴十五年年八十二卒子秉今盧提刑橋即公所居之地也先殿院既以散秩養痾日與賓客酌酒賦詩自娱公誠慤莊重有前輩之風先殿院雅好其為人朝夕與之議論公性不甚飲每勸之酒

至三分則起而拱手曰已三分矣至五分則曰已五分矣其他率以是應之既去先殿院審執事者皆曰客之言毫髮不妄由是益器重之

閶門樓詩

閶門舊有樓三間予猶及見之陸機吳趨行云閶門何峨峨飛閣跨通波重欒承游極回軒啓曲阿蘇子美詩云年華冉冉催人老雲物蕭蕭又變秋家在鳳凰城下住江山何事苦相留更建炎兵火不復存矣

章守子用皂蓋

元豐中章岷之弟朝議為郡守剛介不可屈人因目之曰章硬頸其子出入用皂絹蓋肩輿不過二人

隨緣居士

黄策字子虛彥之子中進士乙科為雍邱縣主簿元符末詔許中外言事時昭慈既復位號典冊有未盡正者因上書引古義力爭之崇寧初黨論起名入黨籍罷置登州會赦還鄉里遂休官號隨緣居士欽宗嘗書隨緣

二字賜之藏宸翰於家著隨緣居士記書之於壁建炎中追録黨人除直秘閣公無疾端坐而逝葬光福山自題其墓曰隨緣居士之塔

石點頭

今虎邱千人坐旁有石點頭十道四蕃志云生公異僧竺道生也講經於此無信之者乃聚石為徒與談至理石皆為點頭

軌革卦影

韓中孚字應天將游上庠闤市肆有精軌革術者應天

筵之畫一金章紫綬人有靑色瓶在其旁後有一人處圜圈中術士謂之曰君此行未必到闕中途必為貴人所留應天未之信行次南徐適朱行中龍圖為郡守與之厚善聞其來倒屣迎之延於郡圃朱平生愛一靑色酒壺因宴出示之圖中有草菴其狀甚圓應天寢於其間與卦影所畫無一不驗以此知不惟飲啄前定雖受用之物寢處之地亦非偶然者（靑色一作祕色）

夢石天王像

後唐時慧聚寺有紹明律師僧中傑出者居半山彌勒閣一夕夢神人曰簷前古桐下有石天王像與銅鐘師宜知之詰旦掘其地果獲此二物今尚龕置壁間形製極古故前輩有詩云一旦石像欲發現先垂景夢鳴高岡常熟破山恩高僧嘗學于紹明見本朝僧史

改正洪範

余燾字元輔方舍法欲行上書引成周事力贊之因命以官累遷至正郎後復上書改洪範篇自王省惟歲月

之從星則以風雨乃屬之四五紀一曰歲二曰月三曰日四曰星辰五曰歴數之下謂九疇皆有衍文惟四五紀無之至於八庶徵之後既言肅時雨若止蒙常風若意已斷矣而又加王省惟歲以下之文則近於贅或者是其說然為臺諫所彈不果施行

范文正四子

文正四子純佑字天成純仁字堯夫純禮字彝叟純粹字德孺長子少有大志惜乎享壽不遐終軍器簿堯夫

位丞相𤽄臾爲右丞德孺亦躋法從平時文正喜收接名士如孫明復胡安定之徒皆出其門朝夕與其子弟講論道德故賢行成於所習云

林酒仙

國初時長洲縣東禪寺有僧曰遇賢姓林氏以其飲酒無算且多靈異故鄉人謂之林酒仙口中可容兩拳嘗醉於酒家每出羣聚而觀之者不絶能自圖其形無毫釐不相似好賦詩雖多俗語中含理致然亦有清婉者

如云揚子江頭浪最深行人到此盡沉吟宅時若向無
波處還似有波時用心門前緑樹無啼鳥庭下蒼苔有
落花聊與東風論箇事十分春色屬誰家心閒增道氣
忍事敵災屯謹言終少禍節儉勝求人若此之類皆名
言也真身塑寺中

章岷

章岷字伯鎮嘗為平江軍推官文聲甚著與曾大父同
登天聖五年第情好極密高祖殿院墓銘乃其所作也

范文正公有和章岷從事鬬茶歌及同登承天寺竹閣

詩

鮠魚

鮠（廣韻吾灰切魚名似鮎集韻吾回切魚名鯷之小者）魚出吳中其狀似鮎隋大業中吳郡嘗獻海鮠魚乾膾四缶遂以分賜達官皮日休詩云因逢二老如相問正滯江南為鮠魚

徐都官九老會

徐祐字受天擢進士第為吏以清白著聲慶歷中屏居

於吳日涉園廬以自適時葉公參亦退老于家同為九老會晏元獻杜正獻皆寓詩以高其趣晏之首題云買得梧宮數畝秋便追黃綺作朋儔杜之卒章云如何九老人猶少應許東歸伴醉吟時與會者纔五人故杜詩及之享年七十有五終都官員外郎子仲謀屢把麾持節女適樞密直學士施昌言

中吳紀聞卷二

中吳紀聞卷三

宋 龔明之 撰

葉道卿

葉清臣字道卿少列之子天聖二年劉筠知貢舉得公所對策奇之擢為第二國朝以來以策擢高第自清臣始寶元中為兩浙轉運使康定初知制誥慶歷初出知江寧府召入為翰林學士俄丁父憂有詔起復為邊帥

力辭不行免喪知邠州改知澶州又改青州永興軍皇祐
初復名為三司使帝嘗訪以禦敵策公對曰陛下御天
下二十八年未嘗一日自暇逸而西羌北敵頻年為患詔
問輔翼之能方面之才與夫帥領偏裨當今孰可以任此
者臣以為不患無人患有人而不能用爾今輔翼之臣抱忠
義之深者莫如富弼為社稷之固者莫如鄭戩方面人才嚴重
有紀律者莫如韓琦臨大事能斷者莫如田況剛果無顧避者莫
如劉渙宏遠有略者莫如孫沔至於帥領偏裨貴能坐運籌策

不必親當矢石王德用素有威名范仲淹深練軍政
龐籍久經邊任皆其選也狄青范全頗能馭衆蔣偕沈
毅有術略張倜儻有膽勇劉貽孫材武斷王德基純慤
勁勇此可補偏裨者也上用其言見任信未幾出守
河陽卒公識度奇拔議論出入意表其立朝也數
以忠言鯁論起沃上心而媢忌者衆竟不果大用
范文正公嘗為文祭之云濬學偉文發於妙齡天然
清流不雜渭涇又云高節莫屈直言屢諍朝廷風

采擷紳景行天子知人期以輔政弗諧而去能不曰命數語道盡矣

觀風樓

子城之西舊建樓其上名觀風范文正公作守時嘗賦詩云高壓郡西城觀風不浪名山川千里色語笑萬家聲碧寺煙中靜紅橋栁際明登臨豈劉向滿目是詩情在唐但謂之西樓白樂天有西樓命宴詩後改為觀風今復名西樓矣

三高亭

越上將軍范蠡江東步兵張翰贈右補闕陸龜蒙各有畫像在吳江鱸鄉亭之旁東坡先生嘗有吳江三賢畫像詩後易其名曰三高且更為塑像臞菴主人王大儒獻其地雪灘因遷之今在長橋之北與垂虹亭相望石湖居士為之記

程光禄

程思孟字公闢所居在南園之側號晝錦坊自高祖思

為錢氏營田使因徙姑蘇擢景祐元年進士第知吉水錢塘二縣有政聲後通判桂州慶歷中詔近侍二十人各舉所知於是梆植施昌言薦公可任除知南康軍又知楚遂二州提點䕫路刑獄屬歲大饑公行部以常平粟賑民猶不足卽奏發倉以濟之吏勸須報公曰本道至都五千里報至則民殍矣遂活飢民四十餘萬擢提點河東路刑獄岢嵐等郡無常平粟邊民飢或竄蕃境公得請出祠部牒募民納粟置廩以備荒歲汾晉之旁

山谷之水可以灌田公為釃渠續通泉源所溉者無慮萬頃召拜三司度支判官居一歲知洪州興利除害一方甚賴之英宗即位召判三司都磨勘司委公商度河北四榷場利害公請減物直償閣欠以來北賈使還除利州路轉運使江南西路轉運使始江西茶禁旣通賦民納茶租謂之白紐錢民甚患之公奏令鬻茶者計斤輸秤頭錢代其數以寬民力至熙寧中以公之請頒下諸路俄傳交趾為寇遂以公直昭文館知福州一新學

宮禮先生賢士以厚教育之意鐵錢亂幣公為罷之饑
疾救荒蘇息以萬計閩中父老有云自國朝守吾郡者
謝諫議泌以惠愛著蔡端明襄以威名顯兼之者惟公
而已移知廣州廣控蠻粵而無藩垣扞禦之備公至則
請作西城廣踰十二里由是廣人有自安之計大修學
校日引諸生講解負笈而來者相踵諸蕃子弟皆願入
學秩滿除右諫議大夫再任公治廣六年威愛竝行上
遣中使撫問召判三班院遷給事中充集賢殿修撰判

都水監改判將作監出知越州公至越寬猛適中而事自治民皆受之又逾於洪福廣也官制行換太中大夫青社關帥以通議大夫充京東安撫使朞年政成上疏告老遷正議大夫致仕哲宗即位授光祿大夫卒年七十八葬橫山公強敏精察出於天性凡臨治五大鎮斷正滯訟辨活疑罪蓋不可勝計所治之地囹圄空虛道不拾遺既去民為立祠刊石頌德樂圃先生少許可至言公政事則曰雖韋丹治豫章孔戣帥嶺南常袞化七

闕無以加也故天下以為才臣吏師有詩集二十卷奏議十五卷

丁晉公飯僧疏

丁晉公南遷日夢南嶽懶瓚禪師遂捨白金一笏飯僧于潭州自製齋疏云右伏以佛垂徧智道育群情凡欲拯於傾危必豫形於景貺某白衣干禄叨冢宰之重權丹陛宣恩忝先皇之優渥補仲山之衮雖曲盡於寸心和傳說之羮實難調於衆口嘗於安寢忽夢清客妙訓

泠泠俾塵心而早悟眞儀隱隱恨凡目以何知葢以智未周身事乖遠慮旣禍臨而不測誠災及以無常出向西京感聖恩而寬宥竄於南裔當國憲以甘心咎實自貽孽非他作念一家而散處思萬里以何歸旣為負國之臣永廢經邦之術程游湘土道假塋山至當煩惱之身忽接清閒之衆方知富貴難保始終直饒鼎食之榮豈若盂羹之美特形歸命恭發精誠捐施白金充羞淨供仰苾蒭之高德報懶瓚之深慈冀保此行乞無他患

惟願天回南睠澤賜下臨免致邊夷白日便同於鬼趣賜歸中夏黃泉亦感於君恩虔磬丹誠永繫法力畢情不任激切之至補仲山之袞雖曲盡於寸心今多作巧心後人見晉公以智巧敗故改云惟其曲盡於巧心是以難調於衆口不知以巧對衆未如寸字為切

蔡君謨題壁

張子野宰吳江因如歸舊亭撤而新之蔡君謨題壁間云蘇州吳江之濱有亭曰如歸者隘壞不可居康定元年冬十月知縣事祕書丞張先治而大之以稱其名既

成記工作之始以示于後

郟正夫

郟亶字正夫太倉人起於農家自幼知讀書識度不類凡子年甫冠登嘉祐二年進士第崑山自國朝以來無登第者正夫獨破天荒後住金陵遣其子僑就學於王荆公嘗有贄見詩云十里松陰蔣子山暮煙收盡梵宮寛夜深更向紫微宿坐久始知凡骨寒一派石泉流沆瀣數庭霜竹顫琅玕大鵬迅有摶風便還許鷦鷯附羽

翰荊公一見奇之今集中有謝郟正夫見訪於鍾山詩云誤有聲明只自慙煩君跋馬過茅簷已知原憲貧非病更許莊周智養恬世事何時逢坦蕩人情隨分值猜嫌誰能胸臆無塵滓使我相從久未厭自此聲價頗重熙寧中為司農寺丞上書言水利朝廷以其工大役重頗難之正夫條水之利害著成一書今刊行於世未幾復司農寺丞除江東運判元祐初入為太府寺丞出知溫州以比部郎中召未至而卒年六十有六葬於太

倉孫升鄉登第守徽常二州
公初授睦州團練推官知杭州於潛縣未赴以水利
役法鹽銅鐵五利獻諸朝丞相王文公安石奇之除
司農寺丞旋出提舉兩浙水利議者以其說非便遂
罷免已而歸治所居之西積水田曰大泗瀼者如所
獻之說為圩岸溝洫井舍場圃俱用井田之遺制於
是歲入甚厚郎圖其制以獻且以明前日之法非苟
然者復名為司農寺主簿稍遷丞預修司農寺勑式

頫號完客除江東路轉運判官

陳殿丞

殿中丞陳質德行著於鄉里其死也范文正公挽之云賢者逝如此皇天豈易知衆人皆墮淚君子獨安卑幾世傳清白滿鄉稱孝慈賢哉生令嗣遺秀在蘭芝公有二子曰郢曰之奇皆為吳中高士

鬱林石

陸龜蒙居臨頓里其門有巨石遠祖績嘗仕吳為鬱林

太守罷歸無裝舟輕不可越海取石為重人稱其廉號鬱林石

謝希深

謝絳字希深太子賓客濤之子大中祥符八年登進士甲科楊文公薦其才名試館職充祕閣校理景祐元年丁父憂服除召試知制誥歐陽文忠公嘗云三代以來文章盛者稱西漢公於制誥尤得其體常楊元白不足多也寶元初知鄧州卒年四十有五公自少而仕凡五

十年間自守不回而外亦不甚異一時賢士大夫無不敬之子景初景温皆為時名儒

范文正公還鄉

文正公自政府出歸鄉焚黄未至近邑先投遠狀或以為太過公曰維桑與梓必恭敬止敢不盡禮乎旣至搜外庫惟有絹三千疋令掌吏録親戚及閭里知舊自大及小散之皆盡曰宗族鄉黨見我生長幼學壯仕為我助喜我何以報之又買負郭常稔之田千畝號曰義田

以濟養群族推族之長而賢者一人主之其計日食人
米一升歲衣人二縑嫁女者錢五十千娶婦者二十千
再嫁者三十千再娶者十五千葬者如再嫁之數葬幼
者十千族之聚者九十口歲入粳稻八百斛以其所入
給其所聚仕而家居俟代者預焉仕而之官者罷其給
公雖没後世子孫至今修其業承其志如公存也

清遠道士詩

清遠道士同沈恭子游虎邱寺詩云我本長殷周遭羅

歷秦漢四瀆與五嶽名山盡幽竄及此寰區中始有近
峰翫近峰何鬱鬱平湖渺瀰漫吟傍川之陰步上山之
岸山川共澄澈光彩交凌亂白雲蓊欲歸青松忽消半
客去川島靜人來山鳥散谷深中見日崖幽曉非旦聞
子盛遊遨風流足詞翰嘉慈好松石一言常累歎勿謂
予鬼神忻君共幽讚清遠道士竟不知其為何人以鬼
神自謂亦怪之甚者顏魯公李德裕皮日休陸龜蒙皆
有和篇沈恭子亦莫詳其因詩中有風流詞翰之稱必

神怪之儔也

幽獨君詩

唐時虎邱石壁隱出幽獨君詩二首其一云幽明雖異路平昔忝工文欲知潛寐處山北有孤墳其二云高松多悲風蕭蕭清且哀南山接幽壠幽壠空崔嵬白日徒昭昭不照長夜臺雖知生者樂魂魄安能回況復念所親慟哭心肝摧慟哭更何言哀哉復哀哉其辭甚奇愴後人又有賦荅幽獨君一詩不知誰氏所作

本禪師

宗本圓照禪師乃福昌一飯頭（福昌承天寺子院）懵無所知每飯熟必禮數十拜然後持以供僧一日忽大悟恣口所言皆經中語自此見道甚明後住靈巖近山之人遇夜則面其寢室拜之侍僧以告遂置大士像於前人有飯僧者必告之曰汝先養父母次辦官租如欲供僧亦以有餘及之徒衆在此豈無望檀那之施須先為其大者其宅率以是勸人仁宗嘗召至京師賜金襴衣加圓照師

號後復歸本山

舊傳宗本至京師有一貴戚欲試之因以猾倡薦寢本登榻鼻息如雷其倡為般若光所爍通夜不寐翌旦炷香拜之曰不意今日得見古佛

吳王拜郊臺

吳王拜郊臺在横山之上今遺跡尚存春秋時王政不行以諸侯而為郊天之舉僭禮亦甚矣

范貫之

范師道字貫之文正之妷登天聖八年甲科嘗知廣德縣有治狀孫甫之翰薦之通判許州至和元年吴育春卿薦公召拜侍御史公之少也有經綸天下之志其長也遇事未嘗屈及為上耳目蚤夜思所以稱職者始見上即陳願擇賢相以久其任既見論奏二府與近侍不法事上多用其言俄出知常州御史府極言其不平宰相亦以是罷去而公之名迹愈聞天下移廣東路轉運使又移兩湖未幾拜起居舍人同知諫院嘉祐四年百官

上尊號公獨以為無益於治體而有損聖主謙尊之德
至言諸閤女御例遷因災異以明天意上皆深然之兼
遷侍御史知雜事會大臣居機密者無遠謀繼而進者
復不協時論公論列甚切上雖納其奏然用是出知福
州名為三司鹽鐵副使嘉祐八年以疾請郡除戶部郎
中直龍圖閣知明州下車未久卒年五十有九公出入
臺諫凡九載朝廷之事聞無不言言必欲行如擇宗室
以備問安之職請士大夫終葬始得從仕限民田以均

民產抑貪墨以清守令止內降以杜漸立私廟以廣孝擇知典故近臣以任太常禮樂之官減色役以恤民力之困皆天下之急務而衆所願行者有奏議二十卷文集五十卷嘗為唐史著君臣治忽之迹命藏祕閣有詔褒美子世京世亮皆舉進士第所居在承天寺前號豸冠坊葬喪天平山趙清獻公誌其墓

南翔寺

崑山縣臨江鄉有南翔寺初寺基出片石方徑丈餘常

有二白鶴飛集其上人皆以為異有僧號齊法師者謂此地可立伽藍即鳩財募衆不日而成因聚其徒居焉二鶴之飛或自東來必有東人施其財自西來則施者亦自西至其它皆隨方而應無一不驗久之鶴去不返僧號泣甚切忽於石上得一詩云白鶴南翔去不歸惟留真跡在名基可憐後代空王子不絶薰修享二時因名其寺曰南翔寺之西又有林曰白鶴

張敏叔

張景修字敏叔人物瀟灑文章雅正登治平四年進士第雖兩為憲漕五領郡符其家極貧窶僦市屋以居嘗有絶句云茅簷月有千金税稻飯年無一粒租生事蕭條人問我水芭蕉與石菖蒲觀其詩大抵多清淡嘗題集清軒詩云洗竹放教風自在傍溪看得月分明又多好用俗語如得五品服詩云白快近來逢素鬢赤窮今日得朱袍又謝人惠油衣詩云何妨包裹如風藥且免淋漓如水雞蓋以文滑稽也舊嘗作古風送朱天錫童

子云黃金滿籯富有餘一經教子金不如君家有兒長吚唔口誦七經隨卷舒渥洼從來產龍駒鸑鷟乃是眞鳳雛一朝過我父子俱自稱窮苦世為儒雪窻夜映孫康書春隴晝荷兒寛鋤翻然西入天子都出門慷慨曳長裾神童之科今有無談經射策皆壯夫古來取士凡數塗但願一一令吹竽甘羅相秦理不誣世人看取掌中珠折腰未便賦歸歟侍君釋褐還鄉閭初景修為汝州梁令作此詩天錫旣到闕下忘取本州公據為禮部

所却因擊登聞鼓繳景修詩為證神宗一見大稱賞之翌日以語宰相王珪而恨四方有遺材既令召對珪言不欲以一時召人恐長浮競不若俟其秩滿然後擢用之遂止令中書籍記姓名比罷官而神宗已升遐矣景修歷仕三朝每登對上必問聞卿作朱童子詩試為舉似由此詩名益著終祠部郎中年七十餘平生所作詩幾千篇號張祠部集子漢之漢之嘗宰崑山頗緩於索租邑人戲云渠家自來無此故不與人索也歐叔有花客詩十二章 梁縣屬汝州

崑山夫子廟

唐制郡邑皆得置夫子廟自黄巢之亂存者無幾崑山之廟更五代六十年不建自本朝大平興國三年錢氏納土請吏朝廷始除守以治之至雍熙初徵事郎邊傚首為崑山宰因其遺址重立夫子廟門闕甚麗狀十哲像於其旁王元之為作記景祐初范文正請立郡庠於是縣亦有學矣

孫子和

孫沖字子和登熙寧六年進士第少負才名為荆公之客嘗著鄉黨傳説二論荆公甚奇之後宰和之含山號為循吏律已甚正一毫無妄取秩滿牽家人觧其歸裝老獲有蓄一砧者子和視之曰非吾來時物也命還之其宅大率類此鷄章交上改宣德郎未幾卒于京師年三十有五無子以族姪畯為嗣畯嘗倅江州終朝請大夫

子和妻予之姑氏又與叔祖朝議為同年叔祖嘗以

詩挽之云結髮欣同籍聯姻喜素風期君千里逸耀我

一枝窮新命拖紳後殘編旅筍中空餘循吏傳紀次在

元豐

張翰

東晉張翰吳人仕齊王冏不樂居其官一日在京師見

秋風忽起因作歌曰秋風起兮佳景時吳江水兮鱸正

肥三千里兮家未歸恨難得兮仰天悲遂棄官而還國

初王贊運使過吳江有詩云吳江秋水灌平湖水濶煙

深恨有餘因想季鷹當日事歸來未必為蓴鱸贊之意謂翰度時不可有為故飄然引去實非為鱸也至東坡賦三賢詩則曰浮世功名食與眠季鷹真得水中仙不須更說知幾早直為鱸魚也自賢其說又高一著矣

皮日休

皮日休字襲美唐咸通十年為郡從事官官繞一月陸魯望以所業見之自此交從甚密更迭唱和無慮數百篇總目之曰松陵集松陵吳江別名也日休自有著號

鹿門子書

橋名

城中有橋梁三百六十所每橋刻名於旁者始於郡守韓子文度支兵火後閒有缺者福昌長老正橋頫具眼禪林多宗之人升座有問話者云蘇州三百六十座橋那座是正橋答云度驢度馬

賀方回

賀鑄字方回本山陰人徙姑蘇之醋坊橋方回嘗游定力寺訪僧不遇因題一絶句云破氷泉脉漱籬根壞衲猶疑掛樹猿蠟屐舊痕渾不見東風先為我開門王荆公極愛之自此聲價愈重有小築在盤門之南十餘里地名横塘方回往來其間嘗作青玉案詞云淩波不過横塘路但目送芳塵去錦瑟華年誰與度月橋仙館綺窻朱户唯有春知處碧雲冉冉衡皐暮綵筆新題斷腸句試問閒愁知幾許一川煙草滿城風絮梅子黄時雨

後山谷有詩云解道江南斷腸句只今唯有賀方回其為前輩推重如此初方回為武弁李邦直為執政時力薦之其略謂切見西頭供奉官賀鑄老於為學泛觀古今詞章辯道議論迥出流輩欲望改换令入文資以示聖時育材進善之意上可其奏因易文階積官至正郎終於常倅

白公檜

白樂天為守時愳信及民皆敬而愛之嘗植檜數本於

郡圖後人目之為白公檜以況甘棠焉

癸甲先生

潘勺字叔治登進士第為吳興郡掾後絕意禄仕遍遊天下佳山水嘗為雁蕩百詠其末云都為畫工圖不得一時收拾作詩歸自號癸甲先生或問其故曰始終之義也後果以癸日亡甲日殯

方子通

方惟深字子通本莆田人其父屯田公葬長洲因家

焉最長於詩嘗過黯淡灘題一絕云溪流怪石礙通津一一操舟若有神自是世間無妙手古來何事不由人王荆公見之大喜欲收致門下薦荆公欲行新法沮之者多子通之詩適有契於心故為其所喜也後子通以詩集呈荆公侑以詩云年來身計欲何為跌宕無成一軸詩懶把行藏問詹尹願將生死遇秦醫丹青效虎留心拙斤匠良工入手遲此日知音堪屬意枯桐正在半焦時凡有所作荆公讀之必稱善謂深得唐人句法嘗

遺以書曰君詩精純警絶雖元白皮陸有不可及子通游王氏之門極蒙愛重初無一毫迎合意後以特奏名授興化軍助教隱城東故廬與樂圃先生皆為一時所高每部使者及守帥下車必即其廬而見之前後上章論薦者甚衆子通竟無禄仕意其於死生禍福之理莫不超達嘗造一云亭不遇主人自盤礴終日因題於壁間云何年突兀庭前石昔日何人種松柏乘興閒來就榻眠一枕春風君莫惜城西今古陽山色城中誰有千

年宅性來何必見主人主人自是亭中客其灑落如此仲姝一日訪子通有絶句云多年不見玉川翁今日相逢小榭東依舊清涼無長物只餘松檜養秋風可見其清高矣年八十三而卒有詩集行於世無子一女適樂圃先生之子發

破山詩

常建詩云竹逕通幽處禪房花木深山光悅鳥性潭影空人心此題常熟破山也舊傳有四高僧誦經山中一

老翁日來聽法久之問翁所從來答曰吾非人也龍也因問本相可得見乎曰可既而果以全體見僧恐甚亟誦揭諦呪語揭諦神與龍角力龍不能勝破其山而去續圖經所載不同謂白龍與一龍鬬未知孰是

甫里

甫里在長洲縣東南五十里乃江湖散人陸龜蒙字魯望躬耕之地散人廟食於此一方之人至今想其高風常誇示於四方以為榮焉唐書云散人乃唐相陸元方

七世孫又自號天隨子著笠澤叢書若干卷

有腳書廚

叔祖諱程字信民剛正自守不惑於禍福嘗憤聖道不明欲排異端之學家不置釋老像祭祀未嘗焚紙錢儒家甚宗之自幼讀書於南峰山先都官墓廬攻苦食淡首未嘗釋卷記問精確經傳子史無不通貫鄉人號為有腳書廚嘗題一絕於壁間云月度疎櫺起更慵坐聽澄照五更鐘却怨潮上西興急風遶山前萬箇松登熙

寧六年進士第四安丞桐廬令子況既登郎省贈左朝議大夫

泰娘

泰娘吳之美婦人也劉禹錫詩云有時粧成好天氣走上皁橋折花戲風流太守韋尚書路傍忽見停隼旟

南園詩

南園乃廣陵王舊第中有流盃旋螺亭亞於滄浪之景王黃州為長洲時無日不携客醉飲嘗賦詩云他年我

若成功後乞取南園作醉鄉今園中大堂遂以醉鄉名之大觀末蔡京罷相欲東還詔以其園賜之京即以詩贈親黨云八年帷幄竟何為更賜南園寵太師堪笑當時王學士功名未有便吟詩黃州之詩不過寓意爾京遽以無功名誚之黃州雖終為黜臣其名與天地同不朽京居相位二十年又處詞垣之尊至今雖三尺之童唾罵不已其賢不肖何如也

朱子奢

朱子奢蘇州人太宗時為宏文館學士帝嘗詔起居記録臧否朕欲見之子奢曰陛下舉過事雖見無嫌然以此開後世史官之禍可懼也帝深納之見唐書儒學傳

錢氏納土

太平興國三年陳洪進奉表獻漳泉兩郡詔授洪進武寧軍節度使留京師奉朝請是歲錢忠懿王俶上表獻十三州之地錢氏納土蓋在陳氏之後或誤以為興國二年非也

白馬磵

南峰山北有聚落號白馬磵昔支遁騎白馬而來飲於磵中因以名焉山之巔有石嶒然號馬跡石又有一石空號支遁菴乃其修習之地也

禪月大師

萬壽寺有禪月閣禪月客唐僧貫休也生於婺之蘭溪自祝髮為僧徧叅名德又善作詩文有西嶽集行於世性好圖畫古佛嘗夢得十五羅漢梵相既而尚缺其一

未能就夢中復有告之曰師之相乃是遂依所告因照水以足之今其畫尚傳既至吳寓跡萬壽甚久後入蜀死葬于成都平生行業具載白蓮塔銘

中吴紀聞卷四

宋 龔明之 撰

太公避地處

常熟海隅山有石室十所昔太公避紂居之孟子謂太公避紂居東海之濱者此也常熟去東海止六十七里故謂之海濱楊備郎中嘗作詩紀其事

范忠宣公

范純仁字堯夫為人寛厚長者文正嘗使至鄉還至京
口見石曼卿數喪未舉盡以麥舟與之蘇黄門稱其為
佛地位中人觀此亦可以見矣元祐初自慶帥召為給
事中遂執政柄未幾拜右僕射凛然有父風烈為宰相
一年出知潁昌府既而復入相坐元祐黨散官安置元
符三年徽宗即位復欲召為相尋即下世遺表有云蓋
嘗先天下而憂期不負聖人之學此先臣所以教子而
微臣所以事君後御筆題其墓碑云世濟忠直之碑子

正平字子夷正思字子默學行亦為士林所稱

滕章敏公結客

滕章敏公慷慨豪邁不拘小節少嗜酒浮湛里市與鄭獬毅夫為忘形友議論風采照映一世嘗與毅夫及楊繪元素同試京師自謂必魁天下與二公約若其言不驗當厚致其罰已而鄭居榜首楊次之公在第三二公責所約之金答曰一人解一人會吾安得不居第三俱一笑而散公平生不安交遊嘗作結客詩云結客結英

豪休同兒女曹黃金裝箭鏃猛獸畫旗旄北闕芒星落中原王氣高終令賀蘭賊不著赭黃袍其立志可見矣

思賢堂

郡齋後舊有思賢堂以祠韋白劉三太守後更名三賢紹興末洪内相景嚴為郡益以唐王常侍仲舒本朝范文正之像復號為思賢堂今參政范公作記郡庠亦有三賢堂繪文正范公并安定胡先生及光祿朱公像於其中

頤學正

顧襄字公甫為太學上舍生名聲藉甚士流皆推之登熙寧元年第調潤州丹徒尉召還為太學正元豐五年卒於京師時二親猶在鄭達夫太宰與公甫為同舍生以詩挽之云可惜病相如誰尋封禪書（公病渴而卒）雙親千里外一葉九秋餘風露翻歸旐塵埃鎖故廬虎卯山下路會葬有鄉車廣文官舍冷如氷幾歎朝衫脫未能忽買春田埋玉地猶懸絳帳讀書燈佳名空綴仙都石妙偈爭傳海寺僧一幅粉旌春水漫惜君誰不涕奔騰

鄭希尹

鄭景平字希尹居帯城橋為人剛正不詭隨莅官有廉聲嘗為大理每有疑獄中夜焚香露敗斷得其情以故人無冤死者旣而請老家居朝廷以其精力有餘落職致仕守鄱陽到官未半歲拂袖而歸先君與公厚善因問其故答曰天子命景平為郡守當以撫字為職乃不得行其志今日須金幾百兩明日須銀幾千兩枯骨頭上打不出也景平後世要人身在其志竟不可奪也時

朱勔用事勢可炙手士大夫俛節從之者甚多惟公始終無阿附意子細字天和

執爨詩

程光禄自幼頴悟年五六歲時戲劇竈下家奴嫚之曰汝能狹劣爾豈解為文章邪公怒曰吾豈不能家奴曰試為我吟一燒火詩即應聲曰吹火櫻唇歛投柴玉腕斜回看煙裏面恰似霧中花甫冠登第

王元之畫像

虎邱御書閣下有王黄州畫像東坡過蘇日見之自謂想其遺風餘烈願為執鞭而不可得因為之作贊今猶書其上

雙蓮堂

雙蓮堂在木蘭堂東舊芙蓉堂是也至和初光禄吕大卿濟叔以雙蓮花開故易此名楊備郎中有詩云雙蓮倒影面波光翠蓋風㨔紅粉香中有畫船鳴鼓吹瞥然驚起兩鴛鴦政和中盛客學李文作守亦産雙蓮范無

外賦木蘭花詞云芙蘭堂晝永晏清暑晚迎凉控水檻風簾千花競擁一朵偏雙銀塘畫傾醉眼訝湘娥倦倚兩霓裳依約凝情鑑裏並頭宮面高粧蓮房露臉盈盈無語處恨何長有翡翠憐紅鴛鴦妒影俱斷柔腸淒涼芰荷暮雨褪嬌紅換紫結秋房堪把丹青對寫鳳池歸去携將

孫若虛滑稽

孫實字若虛早年英聲藉甚性好滑稽郡庠有同舍生

牛其姓者因作牛秀才賦嘲之云腰帶頭垂尚有田單之火幞頭脚上猶聞甯戚之歌又作書語集句譏一老生云孜孜為善雞鳴起先王之道斯為美四十五十無聞焉斯亦不足畏也已時樂圃先生為教授知之命其父訓敇孫由此發憤游太學不數歲登第而歸嘗入朝為寺丞後守台州卒

慧感夫人

慧感夫人舊謂之聖姑或以為大士化身靈異甚著祝

安上通守是邦事之尤謹每有水旱惟安上禱祈立驗後以剡薦就除台守既至錢唐詰旦欲渡江夢一白衣婦人告之曰來日有風濤之險既覺頗異之卒不渡至午颶風倏起果覆舟數十獨安上得免一夕盜入祠中竊取其旛平旦廟史入視之見一人以旛纏其身環走殿中因執之以問答曰某實盜也夜半幸脱巳踰城至家矣今不知潛制於此神之威靈使然敢不伏辜建炎間金兵將至城下有一居民平昔謹於奉事夢中告之

曰城將陷矣速為之所謹勿以此告人佛氏所謂劫數之說不可逃也不數日兵果至其它神驗不一後加封慧感顯祐善利夫人令參政范公作記

元少保

元絳字厚之居第在帶城橋登天聖五年進士甲科初任金陵幕官尋即進用屢為藩郡帥時有儂智高餘黨寇二廣者遂以公知廣州而所傳乃妄因改知越州公謝上表云忽聞羽檄之音謂有龍編之警橫水明光

之甲得自虚聲雲中赤白之囊倡為危事横水明光之
甲乃唐時誤傳寇至事見李德裕獻替記人服其工公
在金陵時王荆公之父益為通守與公厚甚荆公既相
神宗一日欲選翰林學士公久在外老於從官荆公
對曰有真翰林學士但恐陛下不能用爾况已作龍圖
閣學士難下遷知制誥遂自外遷翰林學士中外大驚
既就列有稱職之譽公最長於四六多取古今傳記佳
語為之神宗友愛嘉岐二王不許出閤二王固辭後因

改封先召公謂之曰可於麻詞中勿令更辭公遂草制
其略云列第環宮彌聳開元之盛側門通禁共承長樂
之顏神宗甚愛之自是二王不復辭未幾參大政元豐
中罷政知潁州時以藩邸升為順昌軍節度公作謝表
云壽土立社是開王者之風乘龍御天厥應聖人之作
按圖雖舊錫命惟新又曰興言駿命之慶基宜升中軍
之望府謂文武之德順而聖唐虞之道明而昌合為嘉
名以侈舊服士大夫皆傳誦之後以太子少保致仕歸

吳中公既還鄉與程光禄諸公為九老會日以詩酒自娛年七十餘卒有玉堂集三十卷初公知荆南嘗夢至仙府與三人連書名旁有告之曰君三人蓋兄弟也覺而思之不知所謂既入翰林為學士韓持國維楊元素繪在院一日因書奏列名三人偏傍皆從糸始悟夢中兄弟之意既而持國元素皆補外公亦尹京兆後三年復與元素還職而鄧文約綰相繼為直院則三人之名又皆從糸蓋始終皆同以此知升沉進退決非偶然者

許大夫選嘗作四翰林詩紀其事公和云聯名適似三珠樹傳玩驚看五朶雲此亦一時之異也

仲殊

仲殊字師利承天寺僧也初為士人嘗與鄉薦其妻以藥毒之遂棄家為僧工於長短句東坡先生與之往來甚厚時時食蜜解其藥人號曰蜜殊有寶月集行於世慧聚寺詩僧孚草堂以其喜作豔詞嘗以詩箴之云大道久淩遲正風還陊隳無人整頹綱日亂空傷悲卓有

出世士蔚為人天師文章通造化動與王公知囊括十洲香名翼四海馳肆意放山水灑脫無羈縻雲輕三事衲鉼錫天下之詩曲相間作百紙頃刻為藻思洪泉瀉翰墨清且奇惜哉大手筆胡為幽柔詞願師持此才奮起革澆漓騖彼東山岡圖祖進豐碑再續輔教編高步凌丹墀它日僧史上萬世為蓍龜迦葉聞琴舞終被習氣隨伊予浮薄人贈言增忸怩倘能循我言佛日重光離老孚之言雖苦口殊竟莫之改一日造郡中接坐之

閒見庭下有一婦人投牒立於雨中守命姝詠之口就一詞云濃潤侵衣暗香飄砌雨中花色添憔悴鳳鞋濕透立多時不言不語厭厭地眉上新愁手中文字因何不倩鱗鴻寄想伊只訴薄情人官中誰管閑公事後姝自經於枇杷樹下輕薄子更之曰枇杷樹下立多時不言不語厭厭地

如村

胡嶧字仲達五柳之子文與行皆能繼其父與方子通

為忘年交後以年格推調安遠尉非其志也乃取老杜諸孫貧無事宅舍如荒村之句自號如村老人治圃築室遺外聲利自放於閒適而終不出仕有文集二十卷號如村冗藁唯室先生及叅政周公葵皆為作序子伯能登進士第

鄭毅夫吳江橋詩

鄭獬字毅夫嘗作吳江橋詩寄劉孜叔懋云三百闌干鎖畫橋行人波上踏靈鼇揷天螮蝀玉腰闊跨海鯨鯢

金背高路直鑿開元氣白影寒壓破太江豪此中自與銀河接不必仙槎八月濤劉時為吳江尉亦有和篇皆刻之石鄭詩題云寄同年叔懋祕校劉於詩前具位加榜下二字於其上乃原父之弟也

張幾道挽詩

張僅字幾道居萬壽寺橋與顧棠叔思皆為王荆公門下士荆公修三經義二公與焉幾道登第未幾捐館方子通作挽詩云吳郡聲名顧與張龍門當日共升堂青

衫始見登華省丹旐俄聞入故鄉含淚孤兒生面垢斷腸慈母滿頭霜嗟君十載人間事不及南柯一夢長至今誦其詩者為之出涕吳人目子通為方挽詞幾道官至著作郎

范文正不取燒煉方

范文正少養於朱氏朱南京人文正幼年肄業京學同舍有病者親為調藥以療病亟屬文正曰吾無以報子平生有一術遊遠方未嘗窮乏者用此術也今以遺子

因授藥一囊方書一小册文正不得已留之未嘗取視後二十餘年得其子還之封記如故

夜航船

夜航船唯浙西有之然其名舊矣古樂府有夜航船之曲皮日休荅陸龜蒙詩云明朝有物充君信擂酒三瓶寄夜航

俗語

吳人呼來為釐始於陸德明詒我來牟棄甲復來皆音

鱸羞德明吳人也又吳人言罷則以休繼之始於吳王

昔吳王語孫武曰將軍罷休亦吳語也

方子通詩誤入荆公集

方子通一日謁荆公未見作詩云春江渺渺抱牆流烟草茸茸一片愁吹盡桺花人不見春旗催日下城頭荆公親書方冊間因誤載臨川集後人不知此詩乃子通作也

盧𦘕運

公諱秉擢皇祐元年進士第元豐中爲發運使其父太中公退老公每歲上計得請歸鄉後帥涇原懇辭歸養屢賜手詔慰勉時以爲榮

大雲翁

林宓字德祖旦之子擢進士第爲常州教授在職六年學者信服大觀二年大比試決科者四十餘人於是賜詔曰閲前日賓興之數較其試中多寡惟常州爲最茍依常格推恩非古人進賢受上賞之意特改宣德郎郡

守因以進賢揭坊名於學之南郡人榮之後除河北路提舉學事仕滿除開封府左司錄居數月浩然有歸志優詔如所請公既勇退屏置朝服足不踐州縣舊隱在大雲坊因自號大雲翁卒年六十六葬博士塢平生好古嗜學有大雲集一百卷神宗皇帝聖訓錄一十卷

花客詩

張敏叔嘗以牡丹為貴客梅為清客菊為壽客瑞香為佳客丁香為素客蘭為幽客蓮為淨客酴醿為雅客桂

為仙客薔薇為野客茉莉為遠客芍藥為近客各賦一詩吳中至今傳播

中吳

平江本吳國在秦屬會稽郡東漢分會稽置吳郡陳為吳州隋為蘇州大業末復為吳郡唐武德中復為蘇州乾寧中錢氏據錢塘蘇湖之南悉其奄有後唐為中吳軍節度皇朝興國中置平江軍節度又復謂之蘓州嘗為徽宗潛藩遂陞為府

祖姑教子登科

予之祖姑適知泉州德化縣李處道祖姑甚有文讀書通大義賦詩書字皆過人其子援登進士第乃祖姑所親教也晚而事佛誦蓮經皆千過嘗問法於圓照禪師師名之曰守安年幾七十而卒既得疾即屏藥餌書佛頂呪焚灰丸之并以然燈法授援曰我死置灰丸懷中然燈如法也因起坐誦大士名號久之而化既小殮視其手指屈結皆成印相佛徒歎服以為不可及張文潛

學士為墓誌首記其事

范祕丞

范世京字延祖龍圖公之子登皇祐五年進士第調應天府柘城簿和州歷陽令時龍圖公出守四明公亟走膝下曰人子者事親之日少而事君之日多豈忍曠年失定省邪既而龍圖公捐館扶喪歸鄉垢面跣足晝夜哀號不絶行道之人莫不嗟惻服除知秀州海鹽縣勸民孝友睦姻及耕桑之事治聲動浙右熙寧初朝廷鋭

意改作召公管勾湖北廣惠倉至京師論不合乃辭歸舊治海旁之民聞公復來驩呼鼓抃已而有疾乞以本官歸田里乃下詔授祕書丞致仕享年四十一公居鄉與樂圃先生甚厚有文集若干卷藏於家

徐朝議

徐師閔字聖徒仕至朝議大夫退老於家日治園亭以文酒自娛樂時太子少保元公絳正議大夫程公師孟朝議大夫閭丘公孝終亦以安車歸老因相與繼會昌

洛中故事作九老會章岵為郡守大置酒合樂會諸老於廣化寺又有朝請大夫王琉承議郎通判蘇湜與焉公賦詩為倡諸公皆屬而和之以為吳門盛事元公少保和篇云五日佳辰郡政閒延賓談笑豁幽關閭門歌舞尊罍上林屋烟霞指顧間德應華星臨頫尾年均皓髮下商顏名花美酒踈鐘永坐見斜暉隱半山方子通亦有和篇云使君瀟灑上賓閒金地無人晝敞關風靜簫聲來世外日長仙境在人間詩成郢客爭揮翰曲罷

吳姬一破顏此際東南無此會高名千古映湖山章守
以五日開宴故二詩皆及之

顏夫子

顏長民登元豐二年進士第三子采爲孚亦相繼擢高
科采字君用終提舉常平爲字仲謙終嚴陵守孚字端
中崇觀間有聲於太學士行甚美每試必居前列皆目
之為顏夫子人欲識其面而不可得既登第滕樞密康
許嫁以女尋即下世

信義縣

崑山在蕭梁時分婁置縣號信義屬信義郡大同初分信義置崑山焉華亭舊亦為蘇之屬邑或云嘗割崑山之境以縣華亭今華亭亦有崑山時人嘗以片玉比機雲兄弟而以此為北崑山縣舊有城古圖經云在縣東三百步今謂之東城者是也近歲耕者於薦嚴寺田中得城磚甚多及箭鏃以銅為之識者疑其為春秋時物今縣之西二十里許有村曰信義如婁縣之存舊名也

俗遂訛為鎮義汴人龔徛仕至殿中侍御史居於是村之南因插銀杏枝活時人異之目為遇仙云

李無悔

李無悔名行中本雲川人從居淞江高尚不仕獨以詩酒自娛晚治園亭號醉眠東坡先生與之游從嘗以詩贈之無悔有書顏魯公碑詩云平生肝膽衛長城至死圖回色不驚世俗不知忠義大百年空有好書名又賦佳人嗅梅圖云蠶眉鴉鬢縷金衣折得梅花第幾枝嗅

盡餘香不回面思量何事立多時其詩意尚深遠大率

類此

蟹

吳之出蟹舊矣吳越春秋云稻蟹無遺種又陸魯望集

有蟹志云漁者緯蕭承其流而障之曰蟹斷又曰稻之

登也率執一穗以朝其魁然後縱其所之今吳人謂之

輸芒

大本錢王後身

圓照在靈巖時有一藍縷道人自號同水客徑造其室中守門者莫能遏既而圓照屏侍者與語有竊聽之者聞圓照末後一語云汝今幾甲子矣答曰八萬四千恒河沙數甲子圓照云八萬四千恒河沙數甲子以前又作麼生道人拂袖而出云錢大錢大又待瞞人也當時疑圓照為吳越後身道人為洞賓

郟正夫失鶴詩

正夫童時作失鶴詩云久鎖沖天鶴金籠忽自開無心

巒池沼有意出塵埃鼓翼離幽砌凌雲上紫臺應陪鸞鳳侶仙島任徘徊其志已不凡矣

黄姑織女

崑山縣東三十六里地名黄姑古老相傳云嘗有織女牽牛星降於此地織女以金篦劃河水湧溢牽牛因不得渡今廟之西有水名百沸河鄉人異之為之立祠按荆楚歲時記黄姑者河鼓也牽牛謂之河鼓後人訛其聲為黄姑潘子直云亦猶桑落之語轉呼為索郎耳鄉

人因以名其地見於題詠甚衆古樂府云東飛伯勞西飛燕黃姑織女時相見李太白詩云黃姑與織女相去不盈尺李後主詩云迢迢牽牛星杳在河之陽粲粲黃姑女耿耿遥相望劉筠内翰詩云伯勞東翥燕西飛又報黃姑織女期其它不能盡載雖非指此黃姑然得名之由亦可類推也祠中舊列二像建炎兵火時士大夫多避地東岡有范姓者經從祠下題於壁間云商飈初至月埋輪烏鵲橋邊綽約身閒道佳期唯一夕因何朝

弇對斯人鄉人遂去牽牛像今獨織女存焉禱祈之間靈跡甚著每遇七夕人皆合錢為青苗會所收之多寡持盃珓問之無毫釐不驗一方甚敬之舊有廟記今不復存矣

孫積中

孫載字積中其曾祖漢英仕錢氏嘗為蘇州崑山鎮防遏使故為崑山人公幼岐嶷如成人既學為師友所推譽治平二年進士及第為河中府户曹更三守皆立威嚴

者公獨與之爭曲直矯矯不少下終以此見知或稱薦之中書檢正察訪關中辟公爲官屬公務佽助之亦不苟與之合乾祐縣去永興最遠青苗法行乾祐獨不以予民察訪怒移其令檄公往案之公還言邑小民貧其徒歲以禾麥博易爲生且立法之初民未知稱貸於公家爲利今無罪宜復其任公用薦者遷官知湖州德清縣公聽斷精明不專任刑罰開說其是非出於至誠訟有累年不決者聞公一言感悟相捨而去熙寧八年吳

越饑獨縣中熟公勸大家乘時倍糴得米十餘萬斛明年春米價騰踊公平其直使糴頼以全活者不可數計其他便民者别有數十事德清人至今德公又用薦者遷官知考城縣官制行換奉議郎其治考城如德清於方田也以最聞縣四鄰皆重法地素饒盜公明賞格嚴保伍姦無所囊槖一日都監與尉來告盜集境上將以上元掠近郭至期公張燈與其僚桀飲許民嬉游不禁夜如故事盜叵測遂遁去迄公受代亦無復鼠竊者府

界提點薦公於朝他使者亦相繼上公治狀神宗出氏名付中書蓋欲用公矣未幾除廣東路常平召見便殿以遣之二廣使者春夏例簡出公至則犯隆暑徧行所部宣布德意哲宗即位轉承議郎諸路常平官廢公赴吏部授通判陜州移廣東轉運判官於是公去嶺南五年矣吏有甞不快於公者頗欲棄官公聞而慰留之乃舉焉紹聖初復諸路常平官除公河北西路改知海州已而除沂州興學養士走書幣招禮宿儒為學者師表

治務大體遷朝奉大夫知婺州移河東路轉運判官又移淮西路提點刑獄徽宗即位遷朝請大夫知亳州言者謂公嘗附薦元祐黨人得提舉杭州洞霄宫即歸崑山日與親戚閭里置酒碁奕道故舊為樂任且滿本路使某等言孫某先朝所選擢名在循吏年雖高精力幸未衰願使再仕以示優老之意詔從之大觀中遷朝議大夫未幾公亦自上章乞守本官致仕公體素無疾先一月至其先人墳壠徧謁嘗所往來者若將别然既亟

呼妻子與訣屬以後事問日早晏盥手焚香即寢而逝享年七十有五葬高景山公天資樂易於吏治尤所長使四路典三大郡咸著循跡每遇物無忮害所至汲引其屬士大夫受薦者至四百餘人多知名且貴顯於世者自少喜讀易慕唐人為詩著易釋解五卷文集五十卷藏於家

王主簿

王仲甫字明之岐公之猶子風流翰墨名著一時後客

於吳門嘗有所愛往京師為岐公強留之逾時不返因作詩云黃金零落大刀頭玉筯歸期劃到秋紅錦寄魚風逆浪碧簫吹鳳月當樓伯勞知我經春別香蠟窺人一夜愁好去渡江千里夢滿天梅雨是蘇州此詩效古樂府藁砧今何在體人皆愛其巧其殁也丁永州注䘵光莘之有云爽秀英拔出於天資談經咏史博識周知文華自得不務競時古格近體率意一揮金玉鏘揚組繡陸離世俗所得特其歌辭又云生習華貴不見艱巇

徘徊鴟閣出入鳳池乘興南游曠達不羈朝賞夕宴選勝搜奇擺脫冠裳卻去輪蹄不驚榮辱不罣是非擾擾萬緒付於一卮頹然終日去智忘機王之為人於此可見矣

著作王先生

著作王先生程門高弟諱蘋字信伯世居福之福清父仲舉從平江政和元年卒葬吳縣橫山桃花塢誌其墓者江公望書其誌者陳瓘也先生為人清純簡易達於

從政有憂時愛君之心有開物成務之學高宗駐蹕平江守臣孫佑薦於朝賜對前後所上疏劄類切于時宜聖諭以通儒目之賜進士出身除祕書省正字兼史館校勘遷著作佐郎受勑正朱墨史官至左朝奉郎與門人陳長方楊邦弼講道于震澤如楊龜山尹和靖胡文定皆深推讓吳中道學之傳莫盛于先生紹興二十三年卒于家葬湖州長興縣和平鎮茅粟山門人章憲撰誌吳中閩中皆祠于學其子大本兩浙安撫司參議先

生平生所註論語集解古今語説著作文集并高宗所
賜勑及遺像震澤記善錄至今藏于家子孫世守府城
德慶坊故居云

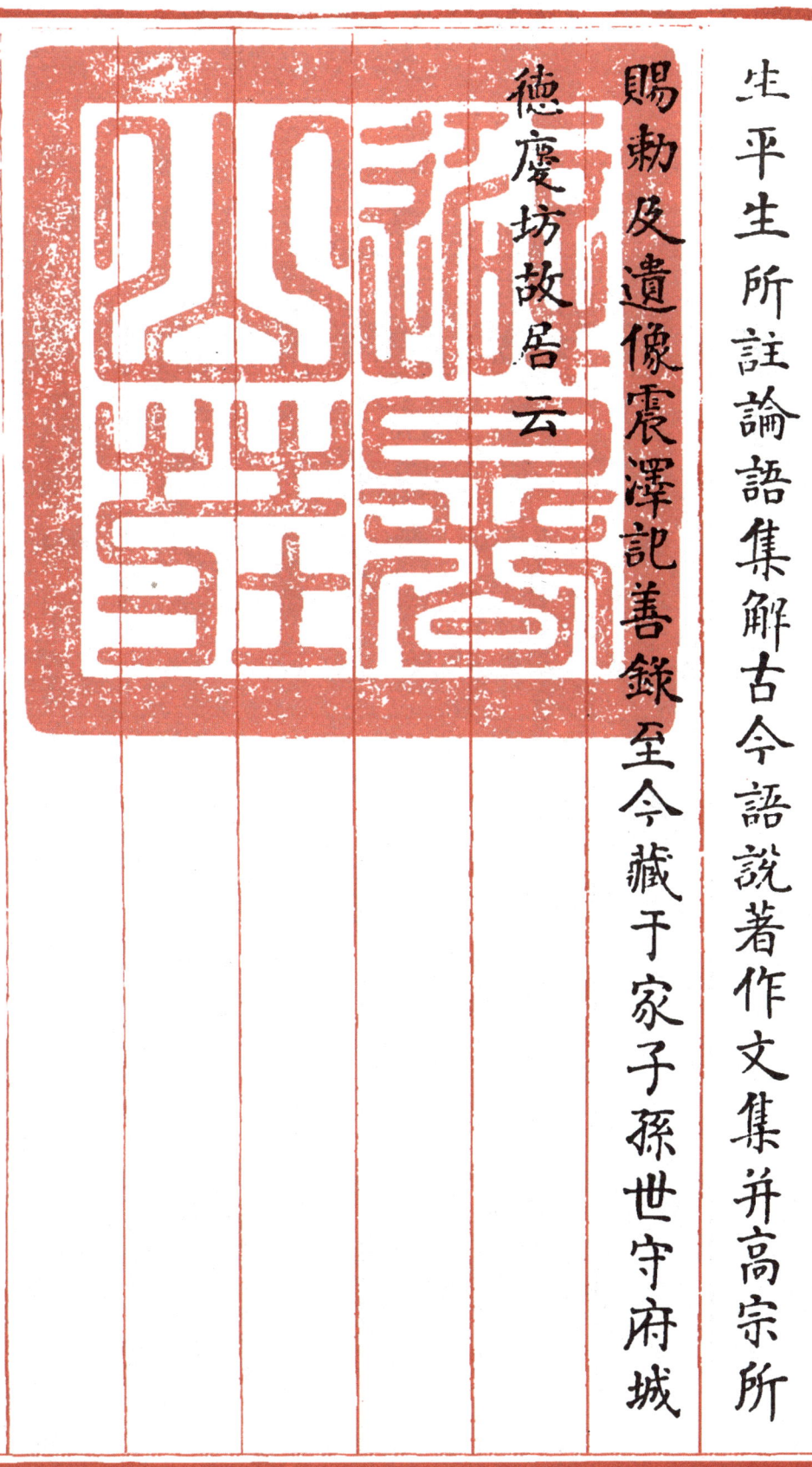

中吳紀聞卷四

中吴紀聞卷五

宋 龔明之 撰

唯室先生

唯室先生姓陳氏諱長方字齊之其先本長樂人父侁字復之擢進士第娶林氏大卿旦之女大雲翁宓之妹與陳了翁交從甚密了翁謫廉州侁以書賀之至千餘言由此得罪又嘗從游定夫學深得治氣養心行已接

物之道故其子亦為道學之士唯室因外家居于步里終日閉户研窮經史著書名步里客談又有漢唐論俱行於世其弟少方字同之亦端慧不羣號二陳

姑蘇百題詩

楊備郎中天聖中為長溪令夢中忽作詩曰月俸蚨錢數甚微不知從宦幾時歸東吳一片烟波在欲問何人買釣磯及寤心潛異之明道初宰華亭儀丁内艱遂家于吳中樂其風俗之美安而弗遷因悟夢中所作幾於前定

嘗效白體作我愛姑蘇好十章居吳中既久土風人物皆深詳之又作姑蘇百題詩每題箋釋其事至今行於世

范祕書

范雩字伯達予之同舍也嘗試禹稷顏回同道論先生見之以為奇作置之魁選遂馳譽於太學學者至今以為模範入館除祕書郎今參政公即其子也

張子韶與周煥卿簡

峴山周煥卿與張子韶侍郎為布衣交相與之意極厚

焕卿有母喪貧不能舉及有妹未嫁子韶自賬所專价賫錢銀供其費書詞懇惻讀之令人竦然生敬前輩恤朋友之難每每如此范忠宣之於石曼卿蘇文忠之於李方叔皆同此一念也今録其書于後以警薄俗云九成頓首曰俟車馬之來乃杳然無耗不勝瞻仰即辰孝履多福九成此間學生例不受其束脯有信州劉孟秀才在此多時告以公未葬母及未嫁妹許以二百千足助公令付去半則銀三鋌錢二十五千足掩子内角子

有九成親批字紹祖三字及兩頭有如此二字及封印令遣去親隨兩人便令歸也發此物去時已焚香對諸聖願公無障難幸見悉也他節哀自重不宣九成再拜

鰕子和尚

承平時有鰕子和尚好食活鰕乞丐于市得錢即買鰕貯之袖中且行且食或隨其所往密視之遇水則出哇群鰕皆游躍而去後不知所終

郭家硃砂圓

郭氏本郡中一小民所謂林酒仙者每至其家必解衣以醉之酒仙遷化前數日語郭氏曰疇昔荷相接之勤以藥一杯為報郭氏以味惡頗難之力强之飲至三呷而止酒仙自舉而盡遂授以硃砂圓方曰惜乎富及三世爾郭氏竟售此藥四方爭求買之自此家大富三世之後絶無有欲之者

陳了翁鱸鄉亭詩

陳文惠公留題松陵詩其末有秋風斜日鱸魚鄉之句

屯田郎林肇為吳江日作亭江上因以鱸鄉名之了翁
初主吳江簿嘗為賦詩云中郎亭榭據江鄉雅稱詩翁
賦卒章蓴菜鱸魚好時節秋風斜日舊烟光一杯有味
功名小萬事無心歲月長安得便拋塵網去釣舟閒傍
画欄旁了翁筮仕之初已無戀官職之意矣

起隱子

李父諱況字濬之登崇寧五年進士第再還入館在館
八年學術文章俱不在人下時同列知名者惟李父與

蘇元老在庭爾當時號為龔蘇葉石林俊聲藉甚嘗為文字交其他所與唱酬者如洪玉父朱新仲王豐父張敏叔亦皆一時名士用先都官中隱故事自號起隱子有文集三十卷曰起隱集終祠部員外郎朝議大夫季父詩格清古如詠劉伶云逃名以酒轉名高醉裏張髯駡二豪日月已為吾户牖何妨東海作醇醪九日云家家高會錦糢糊誰信貧家菊也無多謝東鄰送醅至旋於籬畔覓茱萸自古誰無九日詩詩成須道菊花枝直

饒無菊何妨醉野蓼村葵總是題遊天峰寺云杖藜高踏半山雲不見此山知幾春異時人物凋零盡只有青山似故人午歇惠安寺云寒食都來數日間顏鄉家帖到今傳此公剛鯁無情煞到得春時也自憐送唐大監云東門相别又相逢轉覺衰顏一老翁子約重來我方去滿庭黄葉正秋風古樂府云妖嬈破瓜女爭上秋千架香飄石榴裙影落薔薇下牆外見鴛鴦雙雙春水塘歸來情脉脉無緒理殘妝其他如貪山借船賞嗜酒典

琴沽鬧多卷滿新題句懶極床堆未答書客疎閒吠犬

庖匱割啼雞得句怕難續避人長轉多山色秋難老池

光夜不昏此類甚多

閭丘大夫

閭丘孝終字公顯東坡謫黄州時公為太守與之往來

甚密未幾挂其冠而歸與諸名人為九老之會東坡過

蘇必見之令蘇集有詩詞各二篇皆為公作也公後房

有懿卿者頗具才色詩詞俱及之東坡嘗云蘇州有二

邱不到虎邱即到閶邱

寳嚴院

常熟海虞山有古刹號寳嚴院吳越錢王之子祝髪於此太宗嘗賜御書急就章逍遥詠及聖惠方於寺中有浮屠七級極壯麗吳人相傳自京師來泗州僧伽塔為第一此為第二至今尚在

洞庭山

太湖之中有包山一名洞庭韋蘇州皮陸唱和所言洞

庭及蘇子美詩云笠澤鱸肥人膾玉洞庭柑熟客分金皆在吳江也今岳州之南所謂洞庭者即酈善長注水經云洞庭之陂乃湘水非江水也周内相洪道當折衷二說云洞庭山在吳而洞庭湖乃在荆襄之間地形雖分而地脉未嘗斷也周公之說又本於東坡

方子通紅梅詩

方子通紅梅詩膾炙人口其云清香皓質世稱奇漫作輕紅也自宜紫府與丹來換骨春風吹酒上凝脂直教

朧雪無藏處只恐朝雲有散時溪上野桃何足種秦人應獨未相知

范無外

范周字無外文正公之姪孫贊善大夫純古之子少負不羈之才工於詩詞不求聞達士林甚推之所居號范家園安貧樂道未嘗屈折於人石監簿存中有園亭在盤門内嘗往謁之不遇題於壁間云范周來謁石存中未必存中似石崇可惜南山焦尾虎低頭拜狗作烏龍

方賊起郡中令總甲廵護雖士流亦不免無外率府庠諸生冠帶夜行首用大燈籠書一絶于其上云自古輕儒孰若秦山河社稷付他人而今重士如周室忍使書生作夜廵郡將聞之亟為罷去盛季文作守時頗嫚士嘗於元宵作實鼎現詞投之極蒙嘉獎因遺酒五百壺其詞播於天下每遇燈夕諸郡皆歌之嘗櫂舟訪郯子高於崐山一日酒酣題於絶頂云萬疊青巒壓巨崐四垂空濶水天分夜光寒帶三江月春色陰連萬里雲桂

子鶴驚空半落天香僧出定中聞不將此景憑張孟三百年來屬老文

綽堆避御名改曰堆卽今綽墩

崐山縣西數里有村曰綽堆故老傳云此乃黃幡綽之墓至今村人皆善滑稽及能作反語

陸彥猷

陸徽之字彥猷常熟人高才博學衆推為鄉先生出其門者如陳起宗徽猷張枏朝議錢觀復郎中皆為時顯

人徽宗即位下詔求直言公因廷對與雍孝聞輩皆力
陳時政闕失唱名日有旨駁放孝聞立殿下叩頭曰陛
下求直言有云言之者無罪令詔墨猶未乾奈何以直
言罪人衛士怒孝聞唐突以拄斧撞其頰數齒俱落凡
直言者盡擯出之大觀末慧星見旋見收復時雍公已
不能語止賜六字道號居神霄宮彥猷欲赴京師已卒
其孫端成字天錫就特奏恩
時上書及廷試直言者俱得罪京師有謔詞云當初

親下求言詔引得都來胡道人人招是駱賓王并洛陽年少自訟監宮并岳廟都一時閒了誤人多是誤人多誤了人多少

翠微集

崐山翠微有主僧冲邈年八十有八生平好為詩所著號翠微集姚舜明侍郎嘗贈之詩云僧臘俗年俱老大儒書佛教舊精勤姑蘇一萬披緇客四事無如彼上人邑宰葢嶼亦有讀翠微集詩云聖宋吟哦只九僧詩成

往往比陽春翠微閣上令朝見格老辭清又一人

生老病死

崇寧中有旨州縣置居養院以存老者安濟坊以養病者漏澤園以葬死者吳江邑小而地狹遂即縣學之東隙地以次而為之時以諸生在學而數者相為比鄰謂之生老病死

郟子高

郟僑字子高比部公之子負才挺特與范無外為忘形

友鄉人至今推之謂之郟長官晚歲自號凝和子峴山上方有層屋曰翠微子高多游歷山中嘗賦詩云行客倦奔馳尋師到翠微相看無俗語一笑任天機曲沼淡寒玉橫山鎖落暉情根枯未得愛此幾忘歸訪淩峰賢上人云步入淩峰閣尋師師未歸凭欄寂無語唯見白雲飛簡公約有素琴堂又為賦詩云素琴之堂虛且清素琴之韻淪杳冥神閒意定默自鳴宮商不動誰與聽堂中道人骨不俗貌龐形端顏瑩玉我嘗見之醒心目

寧必絲桐絃斷續嗚呼靖節已死不復聞成虧相半疑昭文院手鍾耳相吐吞素琴之道詎可論道人道人聽我語紛紛世俗誰師古金徽玉軫方步武虛堂榜名無自菩

鄭應求

予年二十時三舍法行與鄭君聘應求同在郡庠應求精於人鑑同舍皆為其品題心甚畏之嘗見唐煇子明以手拊其腰曰異日金琅璫無疑矣子明性莊重面大

發赤一日顏仲謙過隣齋應求指以示余曰此公蛇行居官必尚猛乘間又語予曰吾友乃一壽星頗類應逢原但得其半耳然亦可銀琅璫衆皆未以為信後二十年仲謙守嚴陵頗有郢都之風後三十年子明躋去從後七十年予始拜牙緋之寵其言無一不驗應求亦甚有文聲

嶽山

太湖中有東嶽西嶽二山吳王於此嘗置男女二嶽楊

備郎中詩云雷霆號令雪霜威二獄東西鎖翠微髣髴酆都叢棘地巖扉應是古圜扉

王學正

王彥光察院之伯祖諱喜字康國居太學有聲鄉人謂之王學正識與不識皆尊敬之有堂名逸野以累試不利日遊適其中以讀書自娛其持身治家甚嚴鄉中率取以為法彥光自幼知讀書乃學正公之訓也學正無子葉大年挽之云書劍當年游上都賢關蟲篆校諸儒

文華燦燦九苞鳳俊氣駸駸千里駒妙質競誰揮堊漫
白頭空此死樵蘇遺編殘豪應猶在搔首令人益歎吁
又云遺文膾炙在吾鄉賦罷誰能少薦揚聲跡有妻先
蝶夢行藏無子付絣方雲蘿煙蔓新泉石秋月春花舊
野堂文倡緜㦤真翰墨幾人知為寶巾箱逸野堂至今
尚存王氏舉族祀之不絶
范文正為閻羅王
曾王父捐館至五七日曾王妣前一夕忽夢其還家急

令開篋笥取新衣裳而去因問之曰何忽促如此答曰
來日當見范文正公衣冠不可不早正也又問范公何
為尚在冥間曰公本天人也見司生死之權旣覺因思
釋氏書謂人死五七則見閻羅王意文正公聰明正直
故為此官邪

吳縣寇主簿詩

石林居吳下一日至閶門外小寺中壁間有題一絶云
黃葉西陂水漫流籧篨風急一扁舟夕陽暝色來千里

人語雞聲共一丘石林極愛之但不書其名氏因問寺僧云吳縣寇主簿所作令官滿去矣寇名寶臣徐州人善作詩少從后山先生學其源流有所自來矣

盤溝大聖

承天寺普賢院有盤溝大聖身長尺許人有禱祈置之掌上吉則拜凶則否人皆異之推所從來乃盤溝大聖云有漁者嘗過一僧云何不更業漁者云它莫能之僧云吾教汝塑泗州像可以致富漁者云人不欲之則奈何

僧云吾授汝一法遂以千錢與之令像中各置一錢所售之直亦以千錢為率漁者如所教競求買之果獲千緡令寺中所藏乃其一也豈非僧伽託此以度人耶

魏令則侍郎

魏憲字令則與其弟志俱有聲太學號熙豐人才徽廟朝為東臺御史入侍經幄論思獻納為多又代言西掖得溫厚雅正之體遷吏部侍郎久之除顯謨閣學士知明州建炎初召赴行在季父禮部送之詩云炎祚無疆

越萬齡如何戎馬尚憑陵中興事業須王導撥亂韜鈐要孔明劇盜已分齊鉞定端星行指泰階平呼韓朝渭非難事好繼當時丙魏聲

圖經刋誤

舊圖經云外堽青堽五家岡蒲岡塗松岡徘徊岡福山岡竝在吳縣界今次第而數之其上之四屬崐山下之三屬常熟言其地之遠近與吳縣大相遼絶續圖經云太和宮在盤門之外其地唐相畢瑊之别業也竊詳畢

璣未嘗為相為相者乃畢誠也璣與諴兄弟爾

草腰帶聽聲

元豐中姑蘇有一瞽者號草腰帶善揣骨聽聲一日王父呼其至家以祖姑吉凶福禍扣之云此婦人他日必以夫而貴但出適時事干朝廷時祖姑已許嫁顧沂大夫以其語不祥舉室皆唾之論命未竟適有捷夫過門報省榜者王父亟出問榜首姓名云無為人焦蹈既入告之嗟惋不已王父怪之因問曰知此人聲骨否曰熟

知之王父曰官職如何曰不能食祿安問官職也衆皆以為焦已為大魁術者之言必謬經旬有自京師來者云揭榜後六日焦已死矣祖姑在曾王父服中顧以欲之官促其期遂引女年二十不待父母服除法聞之朝得旨方成禮其言無一不驗

壓雲軒詩

崐山翠微之上有亭曰壓雲軒邑士胡清嘗賦詩云誰建危亭壓翠微畫簷直與暮雲齊有時一片巖隈起帶

與老僧山下歸軒旁有小柏數株又賦詩云栽旁巖隈
未足看為言斤斧莫無端它時直入掄材手不獨青青
保歲寒後有一文人作浙漕因到山中見之大喜尋訪
其人厚禮以待之既憐其貧遂給官田胡由此致富

翟忠惠

翟汝文字公巽其先本南徐人後徙居常熟紹興初為
參知政事卒門人謚為忠惠先生公文章甚古所作制
誥皆用尚書體天下至今稱之自宣政以來文人有聲

者唯公與葉石林汪浮溪孫蘭陵四人耳孫嘗自評云
某之視浮谿浮谿之視石林各少十年書石林視忠惠
亦然識者以為確論公素儉雖身踐兩府奉養甚於貧
士一日招客未飲時與客論近世風俗侈靡燕樂之間
尤甚因正色言曰德大於天子者然後可以食牛德大
於諸侯者然後可以食羊客自度今日之集必無盛饌
已而果以惡草具進公在翰苑時禁中新創儺儀有旨
令撰文是日辰巳間中使送篇目至午後亟督索進呈

數篇既立就而文法且極高古石林乃謂公為文極艱在西掖時以草詞遲罰銅又在試院議策題以究官為問一夜僅成四句云太平日久人樂仕進可為朝廷慶者一可為有司慮者二石林頗怪之予竊謂公之文正不當以遲速論當視其得意與否耳策題雖止四句實佳作也

白雲泉

天平山有白雲泉雖大旱不竭或云此龍湫也唐刺史

白樂天有詩云天平山上白雲泉雲自無心水自閒何必奔衝下山去更添波浪在人間蘇子美嘗至山中為賦長篇范貫之亦有和章

譚三命

譚三命者承天寺僧精陰陽山水之術吉凶無不立驗好食活雞已就死者則却而不食人欲其卜葬必以數十活雞自隨聞其聲咿然則食之愈喜率以是為常後享高壽而死其荼毗也有五色舍利自舌本涌出吾家

虎邱墳乃其所擇也葬之明年有偃松生其上

范文正祠

范文正與歐陽文忠公席上分題作剔銀燈皆寓勸世之意文正云昨夜因看蜀志笑曹操孫權劉公用盡機關徒勞心力只得三分天地屈指細尋思爭如共劉伶一醉人世都無百歲少癡騃老成尫悴只有中間些子年少忍把浮名牽繫一品與千金問白髮如何迴避

臞菴

吳江王份文孺自號臞菴嘗築圃於松江之側方經始時文孺下榻待余延留數月見買葑作址計三百萬錢圃成極東南之勝後湖蘇養直嘗賦詩云王郎臞菴摩詰詩烟花遠舍江遶籬石渠東觀了無夢筆床茶竈行相期古人已往不可作甫里顧有今天隨灣頭蟹舍豈著我請具蓑笠懸牛衣又為文孺賦草堂云笛弄松江明月蓑披笠澤歸雲若話青霄快活五侯何處如君

蝨口

蠡口在齊門之北又有蠡塘在婁門之東故老相傳云范蠡破吳辭越乘扁舟遊五湖潛過於此遣人馳書招文種大夫因以名之楊備郎中詩云霸越勲名間世才五湖烟浪一帆開猶防烏喙傷同輩此地復招文種來

蛇化為劒

干將墓在今匠門城東數里墳有人畊其旁忽見青蛇上其足其人遽以刀𥗟之上之半躍入草中不復可尋徐觀其餘乃折劒也至草欲持歸亦不復見方子通有

詩具載其事衛月山因筆錄云匠門外干將墓土人取作竈無蟑螂竈雞之患余嘗試之無不驗

賈表之

賈公望字表之丞相昌期之孫青之子頃倅平江時朱勔父子方出入禁中竊弄權柄一時奔競之流爭持苞苴唯恐無門而入賈獨疾之甚嘗有詩云倏忽向六十萍蓬無奈何丹心猶奮迅白首分蹉跎正直士流少傾邪朋類多陽光一銷鑠不復見妖魔其志尚亦足嘉矣勔之子為浙西路分司有賜帶之寵賈亦同時衣金

紫服旦日適相會於天慶朱之虞因見賈所佩魚熟視之賈厲聲叱之曰此是才力得來非緣花石之故左右皆錯愕朱甚銜之為其所擠賈竟停任

易承天為能仁寺

宣和中户部幹當公事李寛奏凡以聖為名者竝行禁止又給事中趙野奏凡世俗以君王聖三字為名悉合革而正之然尚有以天為稱者竊慮亦當禁止其後又有以龍皇主玉字不當言者亦請遏絶前後共禁八字

遂易承天為能仁其他觀寺及士庶名字犯而不改則重加之罪雖橋梁有為龍形者亦皆鑿去之太學同舍陳朝老語余曰此無君無天之兆甚可畏也季父倅興仁日一太守曲意奉行盡取諸寺觀藏經命剪去所禁八字未幾而太守卒

章戶部

章縡字伯成莊敏公之子莊敏教諸子甚嚴恐其縱肆閉置一書室中故縡與綜皆中第而亦甚有文季父禮部取縡之姪女召為校書郎日縡以詩餞之有船尾淮

山青未了馬頭隋柳緑相迎之句孫仲益甚喜之晚年詩律益高清淳雅健得唐人之風有文集三十卷藏于家終户部郎中

王教授祭學生文

慶歷中郡學既建養士至百員亦有自他郡至者建陽二江忘其名肆業未久其季忽感疾而殂時王逢會之為教官率同舍祭之云維慶歷七年歲次丁亥七月甲戌朔初六日己卯蘇州州學教授王逢率在學同人謹

以香酒果實致奠化冥紙告祭于學生建陽江君之靈人固動物爾氣散則死生與死吾不得而知也惟是生者有名教存焉得以異諸物善而夭為不死惡而壽為為不幸子年尚少徒步數千里旅吳學以道義為身謀於善無所負今夭去吾得謂子不死矣夫旅而死無親戚左右為之助者有之今子兄在焉啓而手足比無助者為多同門生幾百員為子哭不為孤其亦善德之召歟子魂氣何所之吾以子有生死之別旅櫬舉而望涕

不知其所從哀哉尚饗

沈元叙滄浪亭詩

蘇子美獨步游滄浪亭詩云花枝低欹草色齊不可騎入步是宜有時載酒只獨往醉倒唯有春風知紹興初崐山沈東元叙嘗游其亭賦詩云草蔓花枝與世新登臨空復想清塵只今唯有亭前水曾識春風載酒人程致道與張敏叔游滄浪亭詩云醉倒春風載酒人蒼髯猶想見長身試尋遺址名空在却笑張羅事已陳皆寓

感歎之意

中吴紀聞卷五

中吳紀聞卷六

宋　龔明之　撰

西樓詩

紹興中郡守王㬇顯道建西樓賦詩者甚衆獨耿時舉德基爲擅場其詩曰西樓一曲舊笙歌千古當樓面翠峩花發花殘香徑雨月生月落洞庭波地雄鼓角秋聲壯天迴欄干夕照多四百年來無妙手要看風物似元

和德基他文稱是居太學久之不得一第而死惜哉

郭仲達

郭章字仲達世居崐山自幼工於文游京師太學有聲因歸鄉省親作詩别同舍云菽水年來屬未涯羞騎款段出京華漲塵回旋風頭緊綺照支離日脚斜掠過短莎驚脱兔踏翻紅葉鬧歸鴉不堪回首孤雲外望斷淮山始是家俄又賦一篇云也知隨俗調歸策却憶當年重出關豈是長居户限上可能無意馬蹄間中原百㲲

知誰運令日分陰敢自閒倘有寸功裨社稷歸來恰好試衣斑其詩傳播一時後以守城恩拜官被知己薦居帥幕久之官至通直郎卒於京師年四十餘無子

淩佛子

淩哲字明甫與余同肄業郡庠誠實君之子也紹興中爲正言上疏論秦氏親黨因緣得科第有妨寒素進取之路公論甚與之累遷至吏部侍郎後以敷文閣待制通議大夫致仕年八十餘而卒公處已以廉待人以恕

雖身至從班不啻如寒士非時未嘗輒至郡中終年無一毫干瀆書室之前有一茶肆日爲郡小聚會之地公與賓客談話甚苦其諠遣介使之少戢已而復然公不與較因徙以避之其長厚類如此人目之爲淩佛子

崐山學記

程詠之宰崐山其政中和有古循吏風嘗修治郡庠張無垢爲作記欲鐫之於石或謂無垢託此以諷朝士尋即已之令横浦集亦不載因附見于此右通直郎知平

江府崐山縣事程公詠之文簡公之曾孫伊川先生之姪也紹興二十八年七月十二日作書抵余曰沂聞為政莫先於教化教化莫先於興學吾邑有學卑陋不治甚不稱朝廷所以尊儒重道之意學門有社壇齋所掩蔽于前沂乃移于社壇之西闢其門牆廣袤十餘丈又以東隅建學門過植槐柳增崇殿門營治齋宇氣象宏偉殿堂齋廡鼎鼎一新遇月旦則率縣官諸學請主學者分講六經與諸生環坐堂上以聽焉時知府事待制

蔣公名其堂曰致道并書學榜以寵貴之於乎可謂盛矣又曰先生昔學于大儒其所見聞非俗儒比願以其所聞者明以告我我將有以大之余曰吾老矣久抱末疾舊學荒落顧何以副子之請雖然不可以虛辱也輒以聞於師者以告左右左右其擇焉竊嘗以為學者當以孔子為師當學孔子之學非為博物洽聞絺章繢句高自標致視四海為無人攘臂而言曰吾仕宦當至將相吾富貴當歸故鄉吾當記三篋於渡河賦萬言於倚

馬此正俗儒之學孔子之學乃不如是熟誦孔子若聖
與仁則吾豈敢之說子夏掬溜播灑之說孟子徐行後
長者之說以求孔子之心可也是謂孔子之學若乃學
如馬融如陸淳博如許叔宗文如班固如柳子厚亦可
矣而依梁冀而助武后而事竇憲而附王叔文此吾儕
之所羞道而孔門之罪人也詠之以為何如其不然當
明以教我

王唐公

王絢字唐公秦正懿王審琦五世孫建炎中為御史中丞金犯維揚車駕南渡公扈從以行東宮初建以資政學士權太子少師未幾拜叅知政事力丐奉祠御書霖雨思賢佐一聯以賜之紹興七年薨于崐山僧舍年六十四諡和子陔公為人剛正有守立朝無所阿附宣和乙巳策士于廷公為詳定官多取議論剴切者置甲科建炎已酉金兵深入公具陳攻守之策宰相不以爲然已而金破維揚終無策公自建康扈從至臨安道由鎮

江從容奏陳陳東以忠諫被誅此其鄉里也即命賙其
家官其子車駕幸會稽時韓世忠邀擊金兵歸騎於揚
子江公議遣兵追襲俾與世忠夾擊之同政者議不合
遂求去公雖爲執政其家貧甚每以祿不及親自奉極
儉薄仕宦二十年無寸椽可居自奉祠後寓崐山惠嚴
僧舍蕭然一室服食器用無異於寒士天性仁孝賙恤
姻族無所不至俸入之餘買田贍給其孤貧者又爲之
畢婚冠喪葬平居無他嗜好惟讀書爲樂其文溫潤典

雅深於理致於死生禍福之説尤所洞達其寢疾也家人召醫且欲灼艾公曰時至即行留連無益薨前二日書戊戌字示左右屬纊之日果戊戌也其前知如此公所著述有内外制四十卷奏議三十卷進讀事實五卷論語解三十卷孝經解五卷羣史編八十卷内典略録百卷

顧景繁

顧禧字景繁居光福山中其祖沂字歸聖終龔州太守

其父彥成字子美嘗將漕兩浙景繁雖受世賞不樂為仕閉戶讀書自娛自號漫莊又號癡絕嘗注杜工部詩其他著述甚富所與交者皆一時名士鄱陽張紫微彥實擴以詩聞天下景繁結為一社與之唱酬今張集有送顧景繁暫歸浙西詩云牆頭飛花如雪委牆根老柳絲垂地春正濃時君不留山路曉風鳴馬箠濤江入眼浪千尺想見吳儂問行李田園久荒慢撿校親舊相逢半悲喜行朝諸公訪人材故人新賜尚書履袖中有策

則可陳君亦因行聊爾耳又他詩稱譽景繁不一如云顧俟風味更嚴苦家貧闕辦三韭菹龜腸撑突五千卷底用會粹箋蟲魚又云虎頭文字逼前輩袞袞顓蒙分尺素天閑老驥日千里何用鹽車追蹇步景繁隱居五十年亭高壽而終子美除漕到蘇臺過南峰山拜先都官墓都官子美之外祖也巡尉護送至山中親題于亭亭之壁予視景繁為中表

慈受禪師

慈受禪師深老靖康間往靈巖學徒甚尊之平生所作

勸戒偈頌甚多皆有文法鏤板行於世嘗自爲真贊云
自顧箇形骸舉止凡而陋只因放得下觸事皆成就醍
醐與毒藥萬味同一口美惡盡銷融是故名慈受孫仲
益作守時因上元命之陞座慈受舉似云靈巖上元節
且與諸方别只點一椀燈大千俱照徹也不用添油光
明常皎潔雨又打不濕風又吹不滅大衆畢竟是甚麼
燈教我如何説時高峰攢老雖相去不遠絶不會面因
中秋賞月書一絶寄攢老云靈岫高峰咫尺間青松長

伴白雲閒今宵共賞中秋月莫道山家不往還師名懐深

蔣侍郎不肯立坊名

胡文恭公守蘇蔣公希魯將致政歸文恭公頃為諸生嘗受學於蔣因即其居第表為難老坊蔣公見之愀然謂文恭曰此俚俗歆豔内不足而假之人以誇者非所望於故人也顧即徹去文恭公愧謝欲如其請則營繕已嚴乃資其嘗獲芝草之瑞改為靈芝文恭公退而語人曰職必因德而後達蔣公之德蓋人所畏而其識如

是固無足疑非吾所及也

孫郎中

孫緯字彥文擢進士第仕至尚書郎為人誠朴好以俗下語為詩文而多近理秦師垣生於臘月二十五日嘗獻壽詩云面臉丹如朱頂鶴髭鬚長似綠毛龜欲知相府生辰日此是人間祭竈時師垣甚喜之公精於本朝典故及巨室大家名系世次無不通曉嘗著本朝人物志行於世

潘悅之

潘兑字悅之操履甚正鄉人皆尊敬之徽宗為中書舍人遷禮部侍郎與先君子甚厚常往來於滄浪之上飲酒賦詩延款竟日悅之無子姪民瞻工於詩與李文唱和成集

南北章

章氏本建安郇公之裔後徙於平江者有二族子厚丞相家州南質夫樞密家州北兩第屹然輪奐相望為一

州之甲吳人號南北章以別之

余良弼占卦影

余伃字良弼三舍法行與余皆肄業郡庠又以同經聚于一齋良弼試上舍義題自假樂君子顯顯令德至干禄百福子孫千億良弼反覆用天人之説遂中高選既貢京師道由南徐訪一日者揲蓍得卦影畫文書一軸書天人二字於其上下書兩甲兩癸又畫二雁一入雲中一為箭所中日者云此文書二十年後可復用良弼

以為不然既試南宮果不第退舍而歸累試皆蹉跌後罷舍法以免舉赴省義題與預貢時不少異即欲盡寫舊所作同舍曉之云文格與今不同矣用之必不驗良弼深以卦影之言為信竟書之不易一字鄉人用新格者俱見黜獨良弼得之廷試後一第下世時去揲蓍時適滿二十年之數

王彥光

王葆字彥光擢宣和甲辰第崐山自郟正夫登第後有

孫積中後六十載無有繼之者彦光擢第時吳昉博士適為邑宰有致語云振六十載之頽風冑三千人之餘勇紀其實也紹興改元天子廣開言路講求賢良等材彦光時主麗水簿慨然上疏陳十弊皆切中時病其末以儲嗣爲請語尤切直至謂仁宗時中外無事海宇晏然而范鎮等為國遠慮其所納忠急急在此況當今日國步多艱人心易動强敵未靖羣盜陸梁天下之勢危若綴旒而前星掩曜未有流慶中外惴恐此為甚急臣

願陛下為宗廟無疆之計廣求宗室之中仁明孝友時論所歸者歷試諸事以係人心執政讀而竒之彦光素為秦益公所重和議既定梓宫及太后皆還彦光時主宗正寺簿上書於益公僅三百字大意謂古宰相功業之盛無如伊尹周公究其終始之言伊尹過周公逺矣方其相成湯輔大甲其功無與比當是時遂思復政於君而啟其告歸之意今咸有一德之書是也周公則不然夾輔成王坐致太平之功此時可以告老矣而卒不

之曾故其後有四國流言之禍今欲為伊尹乎欲為周公乎惟閣下所擇益公得書頗喜久之除司封郎彥光既丁內艱服闋再居舊職一日益公語彥光曰檜待告老如何彥光曰此事不當問之於某益光曰他人不敢言以公有直氣故問之嘗記紹興八年某為宰相時公以書勸某去位保全功名今何故不言彥光曰果欲告老不問親與踈擇其可任宰輔之事者使居相位誠天下生民之福益公默然俄除監察御

史兼崇政殿說書益公薨出知廣德移漢州又移瀘州終浙東提刑彥光居鄉教誘後進終日論文不倦其所成就甚衆所學最長於春秋有春秋集傳十五卷春秋備論兩卷第萬姪嘉彥登第叅政范公嘗作公挽詩云諭蜀三年戍 還吳萬里船雲歸雙節後雪白短檠前百世春秋傳一丘陽羨田浮生如此了何必更淩煙日者悲離索公乎又杳冥門人辨韓集子舍得韋經此去念築室空來聞過庭路遥人不見千古

泣松銘

彥光鑒裁甚精李樂菴為布衣時流落兵火之餘一見以為佳士妻以女弟令參政周公初登第時愛其博洽即納之為壻二公尋即榮遇而又學術氣節聳動當世人於是服其知人至於從其學者亦能第其科甲之先後無一不如所期至今言其事者莫不稱歎以為不可及

狀元讖

穹窿山在城之西里老相傳云穹窿石移狀元來歸一夕聞有風雨聲詰旦視之果有石自東而移西者淳熙辛丑黃子由遂魁多士崑山雖去松江不遠舊無潮汐紹興中方有之猶不及二十里外李樂菴嘗見一道人云潮到夷亭出狀元後以此語葉令子強因作問潮館識其語今已過夷亭矣但未知驗於何時然潮汐起於崑山邑人必有當此者

四幡之助

大父自甲子既周之後遇生朝則捨大旛於寶積寺剎柱歲率以爲常時曾王妣之越上留其壻顧沂大夫家大父往省之夜宿於蕭山渡繫舟於古柳之下終夕爲之安寢拂曉舟師大驚回顧皆巨浸舟齊於木之杪須臾水退獨免漂溺是夕王妣夢幟舟之地有四黃旛覆其上方有疑於心王父既歸言其事因屈指計之已歷四生朝矣

吳仁傑云龔浩字子正往蕭山訪顧沂舟值水發

比到家其妻云向夢有黄幡六首皁一舟襲問其日正水發之夕也蓋嘗以生朝施二幡於承天寺不染塵觀音殿凡三歲矣適如夢中之數按吳氏感應録所記微有不同當以此説為是然不染塵觀音殿乃是在城報恩寺今北寺也

樂菴

樂菴在崐山之東南六七里李公彦平游息之所也公本江都人紹興初避地居此嘗為溧水宰以德化民四

年無犯死罪者郟章交上召對陳便民十事除知溫州
未行擢監察御史出知婺州召拜司封郎官遷樞密
院檢詳時上屢引見僧徒譚性空之理一日因對論
及禪宗公奏曰昔周公亦坐禪上愕然公徐曰周公
思兼三王以施四事其有不合者仰而思之夜以繼
日幸而得之坐以待旦非坐禪而何陛下誠能端坐
而思所以愛人利物之道即坐禪也何必他求乎俄
以引年挂其冠而歸遂即菴廬而居之自號樂菴安

叟居年餘上愛公精力不衰詔起致仕除侍御史同知壬辰貢舉革去險怪之習文體為之一變而所得多一時名士因上疏論后戚不當居樞筦之地遷起居郎不就知台州又不就復上請老之章時王仲行為右正言亦力彈之莫予齊為給事中不書黄周洪道直學士院不草制皆遭遷逐布衣莊治嘗作四賢詩公道學精通且樂於教學者嘗誦康節語以告人曰學為人之仁學為人之事所以教人者

率不外此公中年以後絕欲清修唯一蒼頭給事年幾八十視聽言論雖少年有所不及菴之左右皆植修竹經史圖書滿室忽旬餘不食屏醫却藥終日燕坐一夕親作手簡徧別親舊仍命其子不得齋僧供佛書訖翛然而逝所著文章甚多號樂菴集又有易說語孟說若干卷

吳江詞

建炎庚戌兩浙被兵禍有題水調歌頭於吳江者不知其姓氏意極悲壯今録之于後平生太湖上短棹幾經

過如今重到何事愁與水雲多擬把匣中長劍換取扁舟一葉歸去老漁蓑銀艾非吾事丘壑已蹉跎膾新鱸斟美酒起悲歌太平生長豈謂今日識兵戈欲瀉三江雪浪淨洗邊塵千里不用挽天河回首望霄漢雙淚墮清波

徐望聖

徐師回字望聖師閔之弟嘗為南康太守作直節堂蘇黄門為之記以為物之生未有不直者一為物所撓雖松柏竹箭之堅不能自保惟杉能遂其直求之人葢不待文王而

興者黄門未嘗以言假人其推重公如此予閭中孫林𥳑曾孫藏

羊充實

羊充實舊與予肄業郡學其為人好崖異且很愎一夕同舍對牀劇談充實偶以言侵衆遂相率聯句戲之云彼美羊充實彎彎角向天口内餐荷葉尻中放瑞蓮細毛堪作筆麄毳可為氊子貢雖曾愛齊宣不見憐其它不能盡記充實見諸公更相應荅機鋒甚鋭遂哀鳴不已自是處衆和易待人亦有禮諺所謂羮角雞頭之説

信矣

蘇民三百年不識兵

姑蘇自劉白韋為太守時風物雄麗為東南之冠乾符間雖大盜蠭起而武肅錢王以破黄巢誅董昌盡有浙東西五代分裂諸藩據數州自王獨錢氏常順事中國
本朝既受命盡籍土地府庫帥其屬朝京師遂去其國葢自長慶以來更七代三百年吳人老死不見兵革承平時太伯廟棟猶有唐昭宗時寧海鎮東軍節度使錢

鏐姓名書其上可謂盛矣大觀中樞密章公之子綖爲蔡京誣以盜鑄詔開封尹李孝壽即吳中置獄連逮千餘人遣甲士五百圍其家鉦鼓之聲晝夜不絶俗謂之聒囚鼓州民目所未覩莫不爲之震駭獄既不就又遣三御史蕭服沈畸姚忘其名重按其至也人皆自門隙中窺之不敢正視識者已知非太平氣象故其後有建炎之禍方章氏事未覺時城中小兒所在群聚皆唱云沈逍遙莫知其由已而三御史果至

之爇老

之爇老外岡楊氏子名則天字爇老嘗學詩於西湖順
老學禪於大覺璉禪師詩號禪外集禪學有十玄談叅
同契俱行於世嘗作早梅詩云數蕚初含雪孤清畫本
難有香終是別雖瘦亦勝寒橫笛和愁聽斜枝倚病看
朔風如解意容易莫吹殘又雪霽觀梅詩云荒園晚景
斂寒烟數朶清新破雪邊幽豔有誰能畫得冷香無主
賴詩傳看來最畏前村笛折去難逢野渡船向晚十分

終更好靜兼江月淡娟娟

紀異

盛章季文作守時譙樓一夕為火所焚有得其煨燼之餘者欲析而為薪見其中有大吉二字遂聞之於朝又郡學有一立石中夜光起教官言於州因作瑞石放光頌亦奏之又大成殿一夕忽為雷擊其柱火光異常東壁額上遺四帶青布巾大可貯五斗粟教官命以香案置之中庭詰朝視之無有矣

朱氏盛衰

朱沖微時以賣藥爲業後其家稍温易爲藥肆生理日益進以行不檢兩受徒刑旣擁多貲遂交結權要然亦能以濟人爲心每遇春夏之交即出錢米藥物募醫官數人巡門問貧者之疾從而賙之又多買縈衣擇市嫗之善縫紉者成衲衣數百當大寒雪晝以給凍者諸延壽堂病僧日爲供飲食藥餌病愈則已其子勔因賂中貴人以花石得幸時時進奉不絕謂之花石綱凡林園亭

館以至墳墓間所有一花一木之奇怪者悉用黄紙封識不問其家徑取之有在仕途者稍拂其意則以違上
上命文致其罪浙人畏之如虎花石綱經從本地巡尉護送過橋梁則徹以過舟雖以數千里爲之者亦毀之不恤初江淮發運司於真揚楚泗有轉般倉綱運兵各據地分不相交越動既進花石遂撥新裝運船充御前綱以載之而以餘舊者載糧運直達京師而轉般倉遂廢糧運由此不繼禁衛至於乏食朝廷亦不之問也動之

寵日盛父子俱建節鉞即居第創雙節堂又得徽廟御容置之一殿中監司郡守必就此朝朔望朂嘗預遊晏徽宗親握其臂與語朂遂以黄羅纒之與人揖此臂竟不舉弟姪數人皆結姻於帝族因緣得至顯官者甚衆盤門内有園極廣植牡丹數千本花時以繒綵為幙幕覆其上每花標其名以金為標榜如是者數里園夫畦子藝精種植及能疊石為山者朝釋負擔暮紆金紫如是者不可以數計圃之中又有水閣作九曲路入之春

時纔婦女游賞有迷其路者朱設酒食招邀或遺以簪珥之屬人皆惡其醜行一日勔敗檢估其家皆有黃發勾者素與勔不協既被旨黎明造其室家人婦女盡驅之出雖閭巷小民之家無敢容納不數日已墟其圃所謂牡丹者皆析以為薪每一扁牓以三錢計其直勔死又竄其家於海島前日之受誥身者盡褫之當時有謔詞云做園子得數載栽培得那花木就中堪愛特將个保義酧勞反做了今日災害詔書下來索金帶這官誥

看看毁壞放牙笏便擔屎擔卻依舊種菜又云疊假山得保義幞頭上帶著百般村氣做樣偏得人憎又識甚條制今日伏惟安置官誥又來索取不如更疊箇盆山賣八文十二初動之進花石也聚於京師艮嶽之上以移根自遠為風日所殘植之未久即槁瘁時時欲一易之故花綱旁午於道一日内宴諢人因以諷之有持梅花而出者諢人指以問其徒曰此何物也應之曰芭蕉有持松檜而出者復設問亦以芭蕉荅之如是者數四

遂批其頰曰此某花此某木何為俱謂之芭蕉應之曰我但見巴巴地討來都焦了天顏亦為之少破太學生鄧肅有進花石詩大寓規諫之意至今傳于世

徐稚山

徐林游定夫先生字之曰稚山紹興中坐趙忠簡公所引忤秦丞相意罷宗正少卿又以前任江西運使日嘗按秦之妻弟王昌秦婦大銜之俄有將兩浙漕節者密受風旨誣劾公譏議均田良法安置興化軍秦死放還

除户部侍郎事載紹興正論

無菴

崐山陳氏子名法全棄家從道川為僧參請勤至一日行靜濟殿前偶撞其首於柱間忽然大悟傍觀者見其光彩飛動而全自不知也自此遍走山林道價日增後住湖州道場山號無菴

結帶巾

宣和初予在上庠俄有旨令士人結帶巾否則以違制

論士人甚苦之當時有詎詞云頭巾帶誰理會三千貫賞錢新行條制不得向後長垂恰與服相類法甚嚴人盡畏便縫濶大帶向前面繫和我太學先輩被人叫保義

周妓下火文

崐山有一名倡周其姓後係郡中籍張紫微作守時周忽暴死道川適訪紫微公因命作下火文云可惜許可惜許大衆且道可惜許箇甚麽可惜巫山一段雲眼如

新水點絳脣昔年繡閣迎仙客今日桃源憶故人休記醜奴兒怪臉便須抖擻好精神南柯夢斷如何也一曲離愁别是春大衆還知殁故某人向甚麽處去向這裏分明會得鷲山溪畔芳草渡頭處處六么花十八其或未然與君一把無烟火燒盡千愁萬恨心

諧謔

雞冠花未放狗尾葉先生（嘲葉廣文）三間草屋田中舍兩面皮韁馬轡丞（田馬自相謔）冬瓜少貌猶施粉甘蔗無才也著

緋（猜婦人富 與對丁中散）數行文字那箇漢書一簇人烟誰家莊子庭上枇杷究類無聲之樂草頭蚱蜢猶如不繫之舟醉公子酉生年九十柳青娘卯生年十八鏡上吹錢銅聲相應馬前斷事鞍上治民鉏麑觸槐死作木邊之鬼豫讓吞炭終為山下之灰（滕達道與謝毅夫對）

思韓記

韓正彥字師德魏公之猶子嘉祐中知崐山縣崐山號爲難理而公能以靜勝囹圄為之數空捌石堤疏斗門

作塘長七十里而人不病涉得膏腴田百萬頃部使者以最上又請以輸州之賦十三萬從近便輸於縣鳩造塘餘材為倉廩以貯之民大悅比去遮道以留生為立祠作思韓記鑱諸石

徐氏安人詩

徐稚山侍郎有妹能詩大不類婦人女子所為其筆墨畦逕多出於杜子美而清平沖澹蕭然出俗自成一家平生所為賦尤工有一文士嘗評之云近世陳去非呂

居仁皆以詩自名未能遠過也有詩集傳於世

吳中水利書

宜興士人單諤嘗著吳中水利書其説謂蘇湖常三州之水瀦為太湖湖之水溢于松江以入海故少水患今吳江岸界於松江太湖之間岸東則江岸西則湖江東則大海也自慶歷二年欲便糧道遂築北隄横截江流五十里遂致太湖之水常溢而不洩浸灌三州之田又覩岸東江尾與海相接之處污下茭蘆叢生沙泥漲塞

而又江岸之東自築岸以來沙漲今為民居民田矣雖增吳江一邑之賦而三州之賦不知反損幾百倍邪今欲洩太湖之水莫若先開江尾茭蘆之地遷沙村之民運其所漲之泥然後以吳江岸鑿其土為木橋千所以通糧運隨橋谼開茭蘆為港走水仍於下流開白蜆安亭二江使太湖水由華亭青龍入海則三州水患必減

元祐中東坡在翰苑奏其書請行之

右中吳紀聞六卷凡二百二十五條宋宣教郎龔

希仲譔及其子昱所叙行實附後熊之外王父王
君所藏前後散脱數紙先大父録本以傳先大父
既殁熊於外家始覩元本缺帙比前甚多其後從
人搜訪綴輯竟無此書今年冬會周君正道於吴
城寓舍偶及此事周君以録本見示所存二百條
其餘亦皆缺失遂得校正增補尚恨未完噫淳熙
九年距今纔二百年而書僅存于世先大父之卒
已二十餘年猶未獲其全非區區留意郡志此書

将泯没而無聞矣士君子著述将垂不朽其傳之難必也如此豈不甚可惜哉因為記其大略以示來者至正二十五年二月之吉武寧盧熊記

吳中風土人文范文穆公吳郡志無餘憾矣崐山龔希仲又攷新舊圖經及地志不載者曰中吳紀聞命次子昱釐為六卷自敘云効范忠宣公東齋紀事暨蘇文忠公志林體皆取其有戒於人耳即中援引詩句居十之五往往借說詩寓感時索隱

之意其卷首載范文正公條陳急務十條且云抱負奇偉不容不見于設施自非聖君賢相委曲信任之亦安能行其所學殆亦蹭蹬名場昌黎所謂不得其平而鳴者歟二百年後武寧盧熊修蘓州府志輒取材焉讀其䟦可想見其尚友深情云或曰字熙仲宗元之曾孫父沉與蘓過齊名于朝人號龔蘓居崑山黄姑别墅作朗頤堂日息其間年九十二臨終預知時至遺命二子晃昱曰毋設仙

釋像于柩前供一花一水誦論語孝經足矣其孝

行詳本傳虞山毛晉識

傳云明之幼事祖母李李自言少嘗大病夢神告曰與汝七十七及期果病且革明之齋心屏處夜禱于天乞減己五齡以益李壽灼香於頂者七閱腦中有爆裂聲不為動詰旦李病良愈又五年乃卒宣和三年明之以諸生貢京師迎父母往已而母與弟繼亡去鄉數千里貧無以歸葬或使以旅

殯僧舍否則火之以其燼歸明之不從取其家所有自一錢之直皆折賣之不足又乞貸於人竟護二喪以歸先墓在西山大木數萬族人利其直悉斬而分之明之不能制獨泣且罵每伐一木仆明之輒號慟嚮震林谷紹興二十年鄉貢年已六十或勸少匿其數為異日計笑曰吾平生未嘗妄語且不敢自欺卒書其實晚以特恩廷試授高州文學年逾八十法不應出官吳士在朝者列奏其行

義敕監潭州南嶽廟淳熙五年乞致仕鄉人奉直大夫林振等舉明之鄉曲儒宗經明行修議論操履衆所師法而窮居在下先是淳熙二年慶壽赦文以諭孝誼著于鄉閭仰長吏保明當議旌録維時參政錢良臣謂明之無吏考難之吳仁傑曰公試與丞相敷陳必能動上聽良臣問故仁傑曰龔君頃以至行能動上帝是以知今日必能動人主因具言其事良臣為之竦然果得旨超授宣教郎

致仕仍賜緋衣銀魚時李衡以忠諫去國年幾八十德望絶人獨以兄事明之時人高之目為二老明之生平不摘人短不作貎言每自謂平日受用唯一誠字嘗附益山谷語以省喫儉用號五休居士

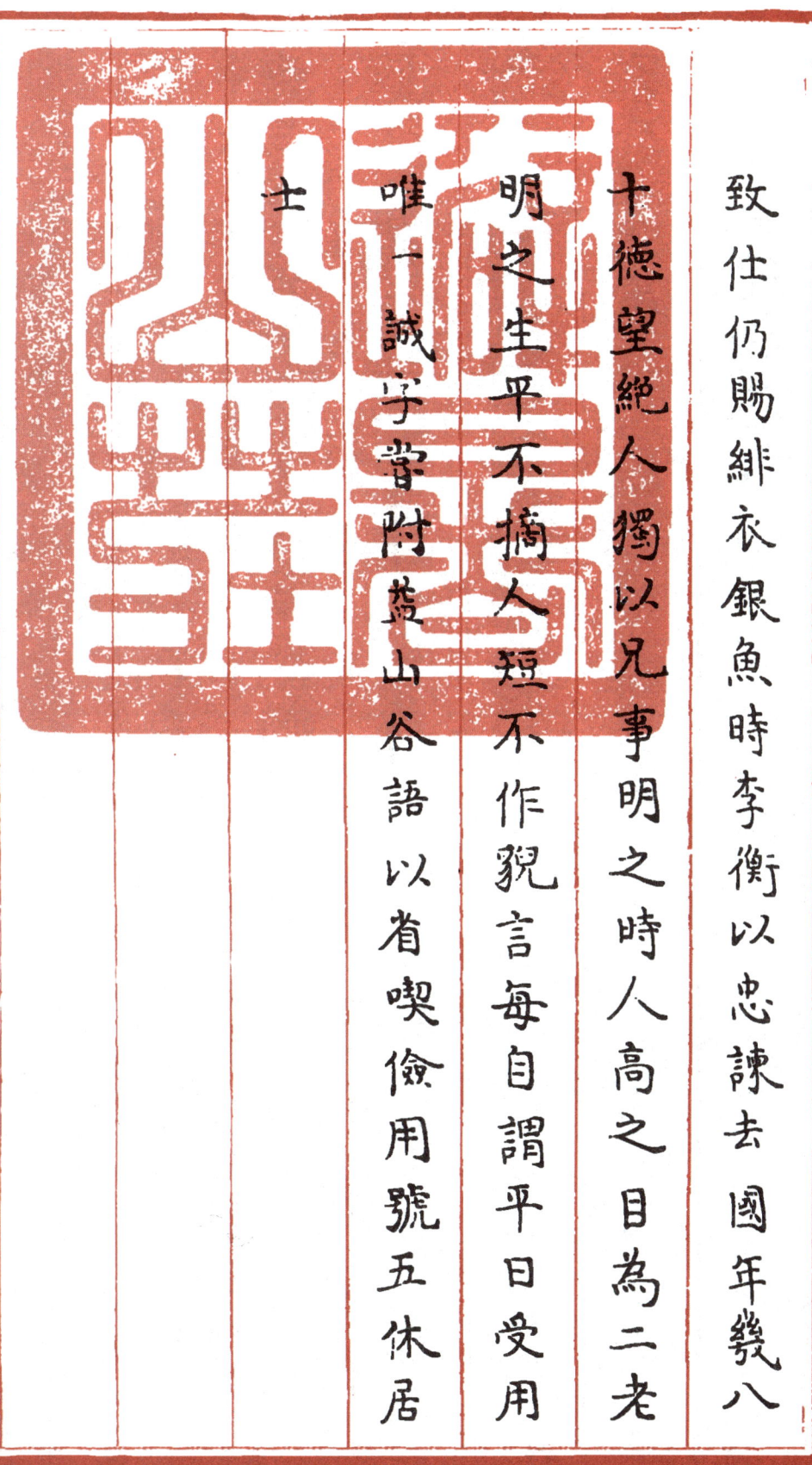

中吳紀聞卷六

總校官候補知府臣葉佩蓀
校對官編修臣吳錫麒
謄錄監生臣吳敬時

圖書在版編目（CIP）數據

中吴紀聞 / (宋) 龔明之撰. — 北京：中國書店，2018.8
ISBN 978-7-5149-2045-1

Ⅰ.①中… Ⅱ.①龔… Ⅲ.①筆記小説－小説集－中國－宋代 Ⅳ.①I242.1

中國版本圖書館CIP數據核字(2018)第082215號

四庫全書・地理類

中吴紀聞

作者	宋・龔明之 撰
出版發行	中國書店
地址	北京市西城區琉璃廠東街一一五號
郵編	一〇〇〇五〇
印刷	山東汶上新華印刷有限公司
開本	730毫米×1130毫米 1/16
印張	18.5
版次	二〇一八年八月第一版第一次印刷
書號	ISBN 978-7-5149-2045-1
定價	六六 元